변신

MINI BOOK
CLOUD
LIBRARY
15

변신

The
Metamorphosis
Die
Verwandlung

프란츠 카프카 지음
안영준 옮김

생각뿔

차례

판결

어느 아름다운 봄날, 일요일 오전이었다. 젊은 상인 게오르크 벤데만은 강가를 따라 길게 늘어선, 그리고 낮고 아담하게 늘어선 주택 중의 한 집, 2층에 있는 거실에 앉아 있었다. 그 주택들은 높이와 색깔만 조금씩 다를 뿐이었다. 그는 외국에 나가 있는 어떤 젊은 친구에게 보내는 편지를 금방 써 놓고 나서 장난이라도 하듯이 천천히 그것을 봉했다. 그러고 나서 그는 책상에 팔꿈치를 괴고 창문을 통해 강과 다리, 맞은편에 있는 녹색 언덕을 바라보았다.

그는 집안에 불만을 품고 몇 해 전에 러시아로 떠난 친구를 생각하고 있었다. 그 친구는 페테르부르크에서 어떤 사업을 경영했다. 처음에는 그런 대로 잘 되었던 모양이었다. 하지만 몇 년 전부터 그의 귀향은 점점 귀해졌고, 고향에 올 때마다 어려움을 토로하는 것으로 보아 사업이 이미 기울었던 것 같았다. 그는 낯선 타지에서 뼈 빠지게 일만 한 것이다. 결국 그의 얼굴은 수염만 까칠하고 안색이 누렇게 변해서 병에라도 걸려 있는 것 같았다. 그가 하는 말에 의하면, 그는 동향인 그 지방 독일 주민들과도 아무런 연락을 하지 않고 지내고 있었다.

그렇다고 해서 지역민들과 접촉이 잦았던 것도 아니었다. 그는 진정한 독신 생활을 하고 있었다. 명백히 길을 잘못 든 사람이었다. 누구나 동정하면서도 직접 도와줄 수는 없는 그런 친구였다. 그렇다면 이런 사람에게 도대체 무슨 특별한 일로 편지를 쓰게 되겠는가? 그저 고향으로 돌아와 살림을 옮기고, 옛 친구들과 관계를 회복하고, 친구들의 도움을 믿어 보라는 따위의 충고를 해 주어야 할지도 모르겠다. 사실, 그러는 데는 그에게 아무 장애도 없었지만 말이다.

하지만 그러한 것들이 무슨 큰 의미가 있을까. 그에게 있어서는 그를 위한답시고 무슨 말을 던져 본들 그의 기분을 잡칠 뿐이다. 지금까지 네가 한 노력은 모두 수포로 돌아갔다. 그러니 그런 노력을 더는 하지 말고, 이제 제발 집으로 돌아와라. 물론 타향에서 실패하고 돌아온 사람으로서 사람들의 눈총을 받지 않을 수는 없다. 하지만 그래도 친구들만은 너를 어느 정도 이해할 것이다. 그저 너는 고향에 남아 있으면서 성공한 친구들이 시키는 대로 그대로 따르지 않으면 안 될, 나이 먹은 어린애일 뿐이다 등등의 말을 그에게 건네는 것이나 다름없다.

그를 괴롭히는 모든 고민은 도대체 무엇이었을까? 아마 그를 고향으로 데려올 수는 없었을 것이다. 그 자신도 이미 고향의 사정을 전혀 이해하지 못한다고 하지 않았는가. 그렇기 때문에 그는 어떤 일이 일어나더라도 그냥 타지에 남아 있을 것이다. 하지만 친구들의 충고로 말미암아 기분이 상한 그는 친구들과의 사이도 좀 더 멀어졌을지도 모른다.

이와 반대로, 그가 친구들의 충고에 따라 이곳으로 돌아온다고 치자. 물론 자발적으로 오는 것은 아니겠고, 여러 사정 때문에 올 수도 있는 일이다. 그렇게 오게 된다 하더라도, 풀이 죽은 채로 온다면 친구들이 있더라도, 아니 친구들이 없더라도 마음이 그리 편치는 못할 것이다. 또 수치심에 괴로워하다가 결국 고향도 친구도 사실상 없는 것이나 마찬가지라고 느끼게 된다면, 차라리 타지에 그냥 머무는 편이 낫지 않을까? 이런 사정을 생각할 때, 정말 그가 이곳에 있는 것이 실제로 더 나은 일일지는 확실히 장담할 수 없는 노릇 아니겠는가?

이런 여러 가지 이유 때문에 편지 왕래를 할 때, 멀리 떠나 있는 다른 친구라면 스스럼없이 전할 수 있는 일도 그에게만은 좀처럼 전할 수가 없었다. 그 친구는 벌써 3년 넘게 고향에 들르지 않고 있었다. 그는 러시아의 불안한 정치 상황을 탓하며, 잠시 출국하는 일도 쉽지 않다고 했다. 하지만 러시아인 수십만 명이 유유히 세계를 돌아다니고 있으니, 그의 말은 궁색한 변명에 불과할 뿐이었다.

한편 3년이라는 세월이 지나는 동안, 게오르크의 집안에는 큰 변화가 일어났다. 2년 전에 어머니가 돌아가셨고, 그 후 게오르크가 늙은 아버지를 모시고 함께 살고 있다는 사실은 그 친구도 잘 알고 있었다. 어느 편지에서 그 친구는 아주 무뚝뚝하게 어머니의 상에 조의를 표했었다. 타지에 있으면서도 이런 사건에 대해 슬픔을 느낀다는 것은 좀처럼 상상할 수 없는 일일 것이었다. 그래서 그리 무뚝뚝했는지도 모르겠다.

그 무렵부터 게오르크는 다른 일에서도 그랬지만 단단히 결심하고 자기 사업을 경영하고 있었다. 어머니가 살아 있을 때는 사업하는 데 있어서 아버지가 너무 자기 의견만 고집했기 때문에 게오르크의 활동에 많은 방해가 되었다. 하지만 어머니가 세상을 떠난 후, 아버지는 장사 일을 돌보기는 했으나 여러 가지 면에서 손을 떼게 되었다. 아무튼 우연한 일로 말미암아 많은 도움을 받게 되면서 사업은 2년 동안 예상 외로 발전했다. 그래서 종업원도 두 배로 늘려야 했고, 매상도 다섯 배나 늘어서 앞으로 더 나아질 것이 분명해 보였다.

하지만 친구는 게오르크에게 일어난 이러한 변화를 조금도 알지 못했다. 아주 오래 전의 일이지만, 마지막으로 조의를 전해 온 그 편지 가운데서 그는 게오르크에게 러시아로 이주하라고 말했다. 그리고 친구는 페테르부르크는 게오르크의 영업 분야를 고려할 때 반드시 성공할 가능성이 있으며 여러 가지 장밋빛 미래가 펼쳐질 거라고 자세히 적어 보낸 적이 있었다. 하지만 게오르크의 사업이 번창한 정도에 비하면 그것은 보잘것없는 것이었다.

게오르크는 자기 사업이 성공했다는 이야기를 그 친구에게 적어 보내고 싶지 않았다. 또 그 후라도 그런 편지를 보냈더라면 이상해 보였을지도 모른다. 그래서 게오르크는 자신의 과거 회상 속에 떠오르는 아주 사소한 일들만을 그에게 적어 보냈다.

그는 고향 친구가 오랫동안 떠나 있으면서 꼭꼭 간직할 수 있었던, 고향에 대한 여러 가지 좋은 생각들을 뒤엉켜 혼란스럽게 만들고 싶지 않았다.

게오르크는 오랜 기간을 두고 이따금씩 그 친구에게 보낸 편지에서 어떤 평범한 남자가 어떤 처녀와 약혼한 사실을 세 번이나 적어 보냈다. 그때는 미처 생각조차 못한 일이지만, 그 친구는 그 독특한 사연에 대해 흥미를 느끼기 시작했다.

하지만 게오르크는 실제로 자기 자신이 부유한 집안의 어떤 처녀, 즉 프리다 브란덴펠트 양과 한 달 전에 약혼했다는 사연은 그 친구에게 직접 전하지 않았다. 게오르크는 종종 자기 애인에게 자신이 이런 친구를 갖고 있다는 사실과, 그 친구와 맺고 있는 특별한 편지 연락에 대해 말해 준 적이 있었다.

"그는 우리 결혼식에 오지 못하겠군요. 나는 누구보다 당신 친구들을 모두 알고 싶었는데……."

그녀가 말했다.

"그 친구에게 부담을 느끼게 하고 싶지 않아. 내 말을 잘 들어봐. 그 친구는 분명 올 거야. 적어도 나는 그걸 굳게 믿고 있다고. 하지만 그는 마음에 없는 길을 왔다가 기분만 망치고 가면서 아마 나를 원망하게 될 게 뻔해. 그렇게 불만을 느끼며, 그 불만을 풀지 못한 채 혼자 다시 타지로 돌아갈지도 몰라. 쓸쓸히 혼자서 말이야. 무슨 말인지 알겠어?"

"네, 알겠어요. 하지만 그가 우리의 결혼 소식을 다른 데서 알게 될지도 모르잖아요?"

"물론 그렇게 되면 나도 막을 수 없는 일이지. 하지만 그 친구가 살아가는 방식으로 보면 그런 일은 있을 수 없어."

"게오르크 씨, 그런 사람이 당신의 친구라면 당신과 아예 약혼도 하지 말걸 그랬어요."

"그래, 그건 우리 둘이 책임질 일이지. 하지만 나는 지금 마음을 돌릴 생각은 없어."

다음 순간, 그녀가 그의 키스를 받으며 숨 가쁘게 말했다.

"그래도…… 사실 마음이 상했어요."

그때 그는 그 친구에게 모든 일을 다 적어 보내도 그것이 정말 그의 기분을 상하게 하리라고는 생각하지 않게 되었다.

"나란 작자는 이런 놈이라고. 그러니까 그 친구는 나를 이런 인간으로 받아들이면 되지."

그는 혼잣말을 하더니, 곧이어 이렇게 말했다.

"아마 그 친구와 지금도 관계를 유지하는 사람은 나밖에 없을 거야."

결국 그는 그 친구에게 일요일 오전에 쓴 편지에서 이미 결정된 약혼 문제를 다음과 같이 알렸다.

나는 나의 가장 즐겁고 중요한 소식을 끝까지 알리지 않고 미루어 왔네. 나는 프리다 브란덴펠트 양과 약혼했네. 부유한 가정의 딸이지. 자네가 떠난 다음 얼마 있다가 이곳으로 이사를 왔기 때문에 자네는 아마 잘 모를 거야. 내 약혼자에 대해서는 앞으로도 자세하게 알릴 기회가 있을 거야. 나는 물론 행복하네. 자네도 친구로서, 보다 행복한 친구인 나와 우정 관계를 가진 것으로 만족할 줄 아네. 나의 약혼자는 자네에게 진심으로 안부를 전하고자 하네. 앞으로 나의 약혼자는 자네의 참다운 친구가 될 걸세. 앞으로 자네에게 편지도 쓸 걸세. 하지만 이런 일이 미혼인 자네에게는 무의미한 일이 아닐 수 없지. 물론 자네가 여러 가지 일 때문에 우리를 찾아 주지 못한다는 것을 잘 알고 있네. 하지만 내 결혼식이야말로 자네에게 닥친 온갖 잡다한 일들을 제쳐두고 방문할 수 있는 좋은 기회가 아닐까? 하지만 너무 부담은 갖지 말게나. 그저 자네 좋을 대로 행동하면 좋을 걸세.

게오르크는 이 편지를 손에 든 채로 창문 쪽으로 얼굴을 돌리고, 오랫동안 책상 앞에 앉아 있었다. 아는 사람이 골목길을 나와 지나가면서 그에게 인사했지만, 게오르크는 그에게 답례의 미소를 지을 여유조차 없어 멍하니 앉아 있었다.

그는 나중에 편지를 주머니에 넣고 방에서 나와 복도를 가로질러 갔다. 그러고 나서 몇 달 동안이나 들어간 일이 없던 아버지의 방으로 들어갔다. 예전에는 그럴 필요가 전혀 없었다. 예전에는 아버지와 항상 상점에서 만났고, 점심 식사도 식당에서 같이했다. 그리고 저녁이 되면 제각기 마음 내키는 대로 행동하기는 했지만, 늘 그랬던 것처럼 게오르크가 친구들과 어울리거나 자기 약혼자를 방문하지 않을 때면 그들은 잠시라도 제각기 신문을 들고 거실에 앉아 있었기 때문이다.

게오르크는 밝은 오전에도 아버지의 방이 너무 캄캄한 것을 보고 새삼 놀랐다. 좁다란 정원 저쪽에 우뚝 서 있는 높은 울타리가 그늘을 만들어 놓았다.

아버지는 돌아가신 어머니를 기념하기 위해 여러 가지로 장식해 놓은 한쪽 구석 창가에 앉아서 신문을 읽고 있었다. 아버지는 신문을 눈앞에 비스듬히 든 채, 약한 시력을 조정하려고 애썼다. 식탁 위에는 아침에 먹다 남은 것들이 놓여 있었다. 그것으로 보아 아침 식사를 그리 많이 드신 것 같지는 않았다.

"야, 게오르크로구나!"

아버지는 이렇게 말하며 그를 맞이해 주었다. 아버지의 묵직한 잠옷이 발을 옮길 때마다 펄럭이며 몸에 감겼다.

"아버지는 아직 무척이나 건강하신걸……."

게오르크는 혼잣말로 중얼거렸다.

"여긴 몹시 컴컴해요."

게오르크가 말했다.

"그래, 어둡긴 어둡지."

아버지가 대답했다.

"창문까지 닫으셨네요?"

"닫고 있는 게 더 좋구나."

"밖은 따뜻한데요."

게오르크는 먼저 한 말을 계속하는 것처럼 말하고, 자리에 앉았다.

아버지는 아침 식사의 식기를 치우고 나서, 그것을 상자 위에 올려놓았다.

"사실 저…… 말씀드릴 게 있어서 왔어요."

그는 노인의 거동을 살피며 이야기를 계속했다.

"페테르부르크에 제가 약혼한 소식을 알릴까 하는데요."

그는 편지를 반쯤 주머니에서 꺼냈다가 다시 넣었다.

"페테르부르크?"

"사실 제 친구에게……."

게오르크는 이렇게 말하고 나서 다시 아버지의 눈치를 살폈다. 그는 편히 앉아 팔짱을 끼고 있는 아버지의 모습이 낯설었다. 게오르크는 아버지가 상점에서의 모습과 왠지 다르다고 느꼈다.

"네 친구한테?"

아버지는 말끝에 힘을 주어 가면서 말했다.

"아버지도 아시잖아요. 처음에는 제 약혼을 그에게 알리고 싶지 않았어요. 신중을 기하려는 것이었지요. 그런데 그 친구는 좀 까다롭잖아요. 그래서 저는 혼자서 생각했어요. 그가 외롭게 살고 있는 것으로 보아서 반드시 그럴 필요는 없겠지만…… 확실하지는 않아도, 그가 제 약혼 소식을 다른 데서 알게 될지도 모른다고 생각했어요. 제가 그것까지 막을 수는 없는 일이지요. 그래서 그 소식을 제가 직접 전하고 싶었어요."

"그러면 지금은 달리 생각한다는 말이냐?"

아버지는 이렇게 묻고 나서 펼친 신문을 그대로 창턱에 놓았다. 그리고 신문 위에 안경을 벗어 놓더니 한 손으로 그 안경을 만졌다.

"네, 그 문제에 대해 충분히 생각해 보았어요. 만약 그가 제 친한 친구라면 제 약혼이 그에게도 기쁜 일이지 않겠어요? 그래서 저는 그 친구에게 알리는 것을 더는 주저하지 않겠습니다. 어쨌든 편지를 부치기 전에 아버지께 그 사실을 말씀드리려고 했어요."

"게오르크!"

아버지는 이가 다 빠진 입을 크게 열며 말했다.

"어디 한번 들어 보렴! 네가 그 문제를 나하고 상의하려고 왔다니……. 그런 성의를 보이는 것이 참 고맙구나. 하지만 네가 이 자리에서 진실을 말하지 않는다면 아무런 소용도 없다. 아니, 그렇지 않으면 나는 오히려 불쾌하다. 이 문제와 관계없는 일들은 꺼내고 싶지 않다. 인정 많은 너의 어머니가 세상을 떠난 다음, 몇 가지 불미스러운 일들이 있었다. 아마 그러한 일들을 말할 때가 반드시 올 것이다. 우리가 생각하는 것보다 더 빨리 다가올지도 모른다. 사업하면서, 나는 여러 가지 일에 네게서 큰 실망을 느꼈다. 네가 나에게 숨기는 게 있지는 않겠지. 이제 와서 너와 나 사이에 비밀이 있을 거라고는 생각하고 싶지도 않다. 이미 나는 기력도 없고, 기억력도 쇠퇴했으며, 여러 가지 일을 보살필 힘도 없으니 말이다. 첫째, 그것은 자연의 순리요, 둘째는 어머니가 세상을 떠난 탓으로 나는 너보다 훨씬 더 생기를 잃어 갔다. 그러니 부탁인데 게오르크, 절대로 나를 속이지 마라. 그런 것쯤은 사소하고 대단치 않은 일이니까, 나를 속이려고 들지 마렴. 얘야, 정말 페테르부르크에 친구가 있느냐?"

게오르크는 당황해서 그 자리에서 일어났다.

"친구 문제는 내버려 두지요. 제가 아무리 많은 친구가 있다고 하더라도, 아버지를 대신할 수는 없을 겁니다. 저의 진심을 아시겠어요? 아버지는 너무 몸을 소홀히 하고 계세요. 하지만 사람의 나이라는 건 여러 가지 권리를 요구하게 됩니다. 사업하는 데에서도 저에게 아버지는 없어선 안 될 분이라는 것을 잘 아실 테지요. 하지만 사업 때문에 아버지의 건강을 해치게 된다면, 저는 내일이라도 당장 그 사업을 완전히 때려치우도록 하겠습니다. 만일 그렇게 된다면 우리는 아버지를 위해 다른 방안을 강구해야 할 것입니다. 아버지는 이 어두운 방 안에 앉아 계시기를 즐겨하시지요. 하지만 안방에 가시면 좋은 햇빛도 충분히 받으실 수 있습니다. 아침 식사를 그렇게 적게 드시고서 어떻게 기운을 차리시겠어요? 닫힌 창문 옆에만 앉아 계시지 말고, 바람을 쏘이세요. 그래야만 건강에 좋으실 겁니다. 아닙니다. 아버지! 제가 의사를 부르겠습니다. 그래서 의사가 처방하는 대로 따르겠습니다. 또 아버지가 안방을 쓰시고 제가 이곳으로 오는 것도 좋겠습니다. 하지만 아버지에게 갑자기 변화가 일어나는 건 아니에요. 모든 것을 그대로 옮겨 놓겠어요. 하지만 무슨 일이든 때가 있는 법이니까, 아버지는 지금 조금 더 침대에 누워 계세요. 안정이 필요하니까요. 이리 오세요. 자, 옷을 벗겨 드리지요. 제가 그만한 일은 할 수 있다는 걸 아실 거예요. 아니, 안방으로 가서 제 침대에 누우시면 어떨까요?"

게오르크는 아버지 옆에 서 있었다. 아버지는 엉클어진 머리를 떨구었다.

"게오르크야?"

아버지는 부동자세로 나직이 말했다. 게오르크는 아버지 옆에 무릎을 꿇었다. 그는 아버지의 피로에 지친 얼굴에서 자기를 노려보는 두 눈동자를 발견했다.

"페테르부르크에 친구가 어디 있어? 너는 늘 나에게 장난을 치고 있구나. 어떻게 그런 곳에 친구가 생겼니? 도저히 믿을 수가 없구나."

"생각해 보세요, 아버지."

게오르크는 이렇게 말하며, 아버지를 의자에서 일으켜 세웠다. 그러고 나서 그 자리에 서 있는 기운 없는 아버지의 잠옷을 벗겼다.

"그 친구가 우리 집에 처음 찾아온 지가 3년이 되어 가는군요. 아직도 기억이 새롭습니다. 아버지는 그 친구를 유난히 싫어하는 눈치셨어요. 그 친구가 제 방에 앉아 있을 때 저는 두 번씩이나 아버지한테 그 친구가 없다고 말했지요. 아버지는 정말 그를 싫어하시는 티를 역력히 내셨어요. 그 친구도 매우 독특한 성향을 지녔지요. 하지만 나중에 아버지는 그 친구와 정답게 이야기를 나누셨습니다. 그때 저는 아버지가 그의 이야기에 귀 기울이고 머리를 끄덕이며 질문도 하시는 것을 보고 굉장히 자랑스러웠지요. 아주 잘 생각해 보시면, 기억이 또렷이 나실 겁니다. 그는 러시아 혁명에 관한 믿어지지 않는 이야기를 늘어놓기 시작했습니다. 예를 들면, 그가 장사일로 폭동이 일어난 키예프에 갔을 때 어떤 발코니 위에 목사가 서서 피 묻은 십자가를 새긴 자기 손을 높이 들고 대중을 향해 외치고 있었다는 이야기였어요. 사실, 아버지께서도 이런 이야기를 가끔 되풀이하신 적이 있었습니다."

게오르크는 아버지를 다시 자리에 앉히고 나서, 아버지의 내의를 양말과 함께 벗겼다. 그는 아버지의 더러운 내의를 보자, 아버지를 너무 소홀히 대했구나 하고 스스로를 책망했다.

게오르크는 아버지에게 내의를 갈아입히는 일을 자신의 의무라고 생각했다. 그는 자기 약혼자와 어떻게 하면 아버지의 남은 인생을 편안하게 보살펴 드릴 수 있을까 하는 것을 구체적으로 의논하지는 못했다. 그들은 말하지는 않았지만 은연중에 아버지 혼자 낡은 집에 머물게 되리라고 생각했던 것이다. 하지만 그때 잠시, 그는 앞으로 살림을 차리게 되면 아버지를 모셔야겠다고 단단히 결심했다. 그는 아버지에게 해 드려야 할 보살핌이 너무 늦은 감이 있다고 생각했다. 그는 아버지를 안아 침대로 옮기기 위해 두서너 걸음을 걸어갔다. 그러면서 그는 아버지가 자기 가슴에 늘어진 시곗줄을 만지작거리는 것을 알아채고는 몸서리나는 공포감을 느꼈다. 아버지는 시곗줄을 꼭 붙잡고 있어서 적이 안심하는 것 같았다. 아버지는 침대에 들어가자마자 이불을 어깨까지 잡아당겼다. 그는 악의 없는 눈길을 게오르크에게 보냈다.

"이제 그 친구 생각이 나시지요?"

게오르크는 이렇게 말하고 나서, 아버지의 몸을 이불로 좀 더 잘 감싸 주었다.

"이불이 잘 덮였느냐?"

아버지가 마치 발이 충분히 덮였는지 살펴볼 수 없기라도 한 것처럼 물었다.

"침대에 누우시니 편안하시지요?"

게오르크는 아버지의 이불을 더 잘 여몄다.

"이불이 잘 덮였느냐?"

아버지는 다시 한번 이렇게 물었다. 아버지는 특별히 그 대답에 신경을 쓰는 것 같았다.

"안심하세요. 잘 덮었으니까요."

"아니야!"

아버지는 이렇게 외쳤다. 그러고 나서 아버지는 단번에 이부자리를 걷어차 버렸다. 갑자기 이불이 모두 벗겨졌고, 아버지는 침대 위에 똑바로 일어서서 한 손으로 가볍게 천장을 붙들고 있었다.

"나를 이불로 덮어씌우려는 거지? 다 알고 있어. 이 버릇없는 놈아! 하지만 그리 쉽지는 않을 거야! 이것이 나의 마지막 힘일지 모르지만, 너를 상대하기엔 충분하다. 나는 네 친구를 잘 알고 있어. 그가 내 마음에 드는 자식일지는 모르지. 그래서 너는 몇 년 동안이나 쭉 그를 속여 왔어. 그 외에 무슨 이유가 있어? 말해 봐! 내가 그를 위해 지금까지 눈물을 흘린 일이 없다고 생각하지? 너는 사무실에 처박히고 아무도 너를 방해할 사람은 없다. 아무도 못 들어가지. 사장은 집무 중이야. 그래서 너는 러시아로 허위 편지를 쓸 수 있었단 말이야. 그럼에도 불구하고 다행스럽게도 아비에게 아들의 정체를 알 수 있도록 가르쳐 준 사람은 없었다. 너는 이제 아비를 깔고 뭉개서, 꼼짝도 할 수 없게 해 놓았다고 생각했지. 그러고 나서 이제 너는 결혼할 결심을 했단 말이지, 그렇지?"

게오르크는 아버지의 놀라운 표정을 쳐다보았다. 아버지가 뜻밖에도 그렇게 잘 알고 있다고 말한 페테르부르크의 친구가 그의 마음을 사로잡고 흔들었다. 게오르크는 그 친구가 넓은 러시아 땅에서 배회하는 것을 보는 듯했다. 빼앗기고 만텅 빈 상점 문 옆에 서 있는 친구의 모습이 눈에 보였다. 다 부서진 진열장과 찢겨 나간 상품 틈에 매달린 가스등 아래에 그는 그냥 그대로 서 있었다. 그는 무엇 때문에 그리도 먼 길을 떠나야 했을까?

"나 좀 봐!"

아버지는 이렇게 외쳤다. 게오르크는 모든 일을 알아보기 위해 허둥지둥 침대로 달려가다가 도중에 발걸음을 멈추었다.

"그년이 치맛자락을 들어 올린 탓이지."

아버지는 나직이 말하기 시작했다.

"그년이 치맛자락을 들어 올렸기 때문이야. 빌어먹을 년!"

그러면서 그는 그런 시늉을 하기 위해 전쟁 중에 다친 허벅다리의 상처가 보일 만큼 높이 자기의 잠옷을 들어올렸다.

"그년이 치맛자락을 이렇게 높이 추켜 올린 탓에, 너는 그년을 가까이 하게 되었지. 마음 놓고 그년과 즐기기 위해서 네 어미에 대한 추억을 더럽히고, 친구를 배반하고, 꼼짝할 수 없도록 아비를 이 침대에 처박아놓은 거야. 하지만 내가 몸을 움직일 수 없나 어디 두고 보자!"

그는 완전히 자유로운 몸으로 두 다리를 쭉 폈다. 아버지는 모든 일을 다 알아차렸다는 눈치였다.

게오르크는 될 수 있는 대로 아버지로부터 멀리 떨어져, 방 한쪽 구석에 서 있었다. 벌써 한참 전에 그는 모든 것을 빈틈없이 정확하게 살피려고 결심했다. 지금 그는 이미 다 잊어버렸던 이 결심을 다시 상기했으나, 짧은 실오라기를 바늘귀에 꿰듯이 곧 잊어버렸다.

"하지만 그 친구는 이제 결코 배반당하지 않는다."

아버지는 이렇게 외쳤다. 그리고 그의 둘째손가락을 이리저리 흔들면서 그 말을 강조했다.

"나는 그를 대신해서 이 자리에 와 있다."

아버지가 말했다.

"완전히 희극 배우시네요!"

게오르크는 이렇게 외쳤다. 하지만 곧 자신이 불리한 점을 깨닫고, 두 눈을 부릅뜨고 자신의 혓바닥을 깨물었다. 그는 너무 아파서 허리를 굽혔지만, 너무 늦은 감이 있었다.

"그래, 물론 나는 지금까지 희극을 연출했다! 그렇지, 희극! 좋은 말이야. 다 늙고 홀아비가 된 이 아비가 이제 무슨 낙을 바라겠느냐? 말해 봐! 대답하는 순간만이라도 너는 그래도 살아 있는 내 아들 노릇을 해 봐라. 내 골방에서 의리도 모르고 고용인들에게 시달리면서 늙어빠진 나한테 남은 것이 무엇이냐? 이런 상황에 처해 있는데도 내 아들놈은 거들 먹거리면서 세상을 두루 돌아다니며, 내가 마련해 놓은 모든 상점을 폐업하고, 환락에 빠져 날뛰다가 제 아비 앞에서는 정직한 사람처럼 엄숙한 얼굴로 돌아왔다. 너는 너에게 배반당한 내가 너를 사랑하지 않았다고 생각하느냐?"

'기운이 없어져 쓰러지면 허리를 굽히겠지.' 하고 게오르크는 생각했다. 아버지는 허리를 굽혔으나 쓰러지지는 않았다. 그가 예측했던 대로 게오르크가 가까이 왔을 때, 그는 다시 몸을 일으켰다.

"그 자리에 있어라! 나는 너 같은 놈은 필요 없다. 너는 아직 내게 가까이 와 거들어 줄 힘이 있다고 생각하겠지만, 그런 생각만으로 거기 주춤하고 서 있을 뿐이다. 착각하지 마! 나는 아직 건강하다. 어쩌면 나는 벌써 이 세상을 떠났어야 했는지도 모른다. 그런데 보다시피 네 어미가 자기 힘을 고스란히 나에게 남겨준 덕에, 나는 네 친구와도 버젓이 얽히면서 네 정보를 이 주머니 속에 갖고 있다."

"잠옷에도 주머니가 있네."

게오르크는 혼잣말로 이렇게 중얼거렸다. 그리고 나서 이런 말을 하면 나는 온 세상의 아버지들을 중상하는 셈이 되겠지 하고 생각했다. 잠시, 그는 중상의 방법을 생각했지만, 곧 모든 일을 다 잊어버렸다.

"너의 약혼자를 데리고 내 앞에 나타나기만 해 봐라! 그년을 싹 쓸어내고 말 테니. 내가 어떻게 할지 너는 모를 거다!"

게오르크는 그 말을 믿을 수 없다는 듯이 얼굴을 찌푸렸다. 아버지는 자기가 한 말이 거짓이 아님을 다짐이라도 하듯, 게오르크가 서 있는 구석을 바라보며 머리를 끄덕였다.

"네가 오늘 와서 너의 친구에게 약혼에 관한 편지를 쓰는 게 어떠냐고 물었다. 그때 사실 나는 반가웠다. 하지만 그는 이미 모든 일을 다 알고 있다. 이 어리석은 자식아. 다 알고 있단 말이야. 네가 내 필기도구를 치워 버리는 것을 잊어버렸던 까닭에, 나는 그에게 편지를 보낼 수 있었어. 그래서 그는 이미 몇 년 동안 나타나지 않았지만, 사실은 너 자신보다 너에 대해 몇백 배나 더 잘 알고 있다고. 그는 내 편지를 읽지도 않고 왼손으로 구겨 버렸지만, 오른손은 내 편지를 읽기 위해 높이 들고 있지!"

그는 감격에 넘쳐 자기 팔을 머리 위로 흔들었다.

"그는 모든 일을 천 배나 더 잘 알고 있어!"

아버지는 이렇게 외쳤다.

"만 배는 아니고요?"

게오르크는 아버지를 무시하듯이 이렇게 말했다. 하지만

그 말은 그의 입속에서 소리가 잦아들고 있었다.

"몇 년 전부터 네가 그런 질문을 들고 오리라고 예상했다. 너는 내가 다른 어떤 일을 염려하는 줄 아니? 내가 신문을 읽는 줄 알아? 자!"

아버지는 어쩌다가 침대 속으로 말려 들어간 신문 한 장을 던졌다. 게오르크는 이름조차 알 수 없는 낡은 신문이었다.

"네가 철이 들기까지 오랜 세월이 걸렸다! 어머니는 좋은 날을 보지 못하고, 그만 세상을 떠나고 말았지. 네 친구는 러시아 땅에서 파멸해 이미 3년 전에 모든 것을 포기하고 말았다. 또 내 형편은 네가 더 잘 알고 있다. 너도 그런 것쯤은 이제 알아볼 수 있을 테지!"

"그러고 보니 아버지는 저를 숨어서 염탐하고 있었군요!"
게오르크가 외쳤다.

아버지는 동정하듯이 덧붙여 말했다.

"확실히 너는 그런 말을 더 일찍 했어야 했다. 이 마당에 그런 말은 가당치도 않아!"

그리고 좀 더 커다란 목소리로 말했다.

"너 말고 이 세상에 무엇이 있는지 이만하면 알겠지. 지금까지 너는 너밖에 몰랐다. 사실 너는 순진한 어린아이였지. 하지만 너는 엄격하게 이야기하자면, 악마 같은 인간이었다는 것을 부정할 수 없다. 그렇기 때문에 나는 너에게 물에 빠져 죽을 것을 선고한다!"

게오르크는 방에서 쫓겨나는 기분으로 나왔다. 그의 뒤에서 아버지가 침대 위로 졸도해 쓰러지는 소리가 귓가에 들려왔다.

그는 마치 평탄하게 경사진 곳을 달리듯이 층계를 내달렸다. 계단 위에서 그는 뜻밖에도 거실을 치우기 위해 2층으로 올라오던 하녀와 맞닥뜨렸다.

"어머!"

하녀는 이렇게 외치며 앞치마로 얼굴을 가렸다. 하지만 그는 곧 그 자리에서 사라져 버렸다. 그는 문 밖으로 뛰어나와 차도를 넘어 강가로 달렸다.

그는 마치 굶주린 자가 먹을 것을 붙잡듯이, 난간을 꽉 움켜쥐었다. 그리고 그것을 뛰어넘었다. 그는 어린 시절 양친의 자랑이었던 뛰어난 스포츠맨이었다. 그는 점점 기운이 빠져가는 두 손으로 난간에 매달려 난간의 철봉 사이로 버스가 지나가는 것을 보았다. 그가 물에 떨어지는 소리를 지워 줄 것 같이 달려가는 버스를 보면서 나직이 말했다.

"사랑하는 부모님. 저는 그래도 언제나 당신들을 사랑했습니다."

그리고 그는 난간 아래로 떨어지고 말았다. 그때 다리 위에는 끊임없이 차들이 오가고 있었다.

변신

1

어느 날 아침, 기분 나쁘게 잠에서 깬 그레고르 잠자는 침대 속에서 한 마리 흉측한 벌레로 변해 버린 자신을 발견했다. 그는 갑옷처럼 딱딱한 등을 아래로 두고, 천장 위를 바라보듯이 벌렁 누워 있었다. 그가 머리를 약간 쳐들자, 활 모양으로 부푼 볼록한 자신의 갈색 배가 보였다. 배 위는 마디마디로 주름이 나누어져 있었고, 주름 안쪽 부분은 움푹 패여 있었다. 그 배의 볼록한 부분에는 이불 한 자락이 가까스로 걸려 있었다. 그것은 금방이라도 미끄러져 내릴 것처럼 위태로워 보였다. 다른 부분에 비해 비참하게 가느다란 수많은 다리가 그의 눈앞에서 맥없이 꿈틀거리고 있었다.

'이게 도대체 어찌 된 영문일까?' 하고 그는 생각했다. 하지만 분명 꿈은 아니었다. 주변을 둘러보니 조금 비좁기는 했지만 사람이 살 수 있을 만한 평범한 방이었고, 게다가 그것은 틀림없이 자신의 방이었다. 그 방은 낯익은 네 개의 벽으로 아늑하게 둘러싸여 있었다. 따로따로 묶어 놓은 옷감 견본들이 여기저기에 흩어져 있었다. 사실, 그레고르는 영업 사원이었다. 탁자 위에는 그가 얼마 전에 화보 잡지에서 오려 내어 예쁜 금박 액자 안에 넣어 둔 그림이 걸려 있었다. 그 그림은 어떤 부인의 모습을 묘사한 것이었다. 부인은 털모자와 털목도리를 두르고 단정하게 앉아 있었다. 묵직한 털토시 속에 집어넣은 두 팔은 앞을 향하고 있었다.

그다음, 그레고르는 창밖으로 시선을 두었다. 창문과 이어져 있는 양철 지붕을 두드리는 빗방울 소리가 들려오는 가운데, 음산한 날씨가 그의 기분을 유독 우울하게 만들었다.

'잠이나 좀 더 자 두자. 더 이상 이런 쓸데없는 생각은 하지 말아야지.' 하고 그는 생각했다. 하지만 그렇게 하는 것은 무척 힘들었다. 그는 항상 오른쪽으로 누워서 자는 버릇이 있었는데, 그 상태로는 그것이 불가능했기 때문이었다. 아무리 힘을 써서 오른쪽으로 몸을 돌리려고 해도 그때마다 몸이 흔들려서 결국 위를 향해 똑바로 누운 원래의 자세로 되돌아가 버리고 말았다. 그는 100번도 넘게 다시 시도해 보았을 것이다. 그는 그러는 동안에도 허우적거리는 다리들을 보지 않으려고 눈을 꼭 감고 있었다. 하지만 여태껏 느껴 보지 못했던 옆구리의 가벼운 통증으로 말미암아, 오른쪽으로 돌아누우려고 했던 결심을 포기해야만 했다.

'이런 제기랄! 나는 왜 이렇게 힘든 직업을 선택했을까! 날이면 날마다 출장의 연속이다. 사무실에서 근무하는 일도 여러 가지로 귀찮기는 마찬가지다. 하지만 출장에 따르는 고충보다 더 크지는 않다. 출장을 떠나면, 기차를 갈아타는 일에 대한 걱정, 불규칙하고 마음에 들지 않는 식사, 또 항상 고객이 바뀌어 오래 지속되는 인간관계가 없으며, 진정으로 가까워질 만한 친구 하나 생기지 않는다. 이 지긋지긋한 생활을 가져가는 귀신은 없나? 이런 제기랄!'

이때 그레고르는 배 위쪽이 조금 가려웠다. 그는 쉽게 머리를 쳐들기 위해 몸을 침대 끝의 기둥 쪽으로 가져갔다. 그러다 보니, 작고 하얀 점들이 오글오글 붙어 있는 그 가려운 자리가 보였다. 그는 그 점들이 무엇인지 도저히 알 수가 없었다. 다리 하나를 쭉 뻗어서 그 자리를 만져 보려고 했다. 하지만 곧 그 다리는 당장 움츠러들고 말았다. 그 자리에 그 다리를 슬쩍 갖다 대자마자 오싹 소름이 끼쳤기 때문이었다.

그는 몸을 이끌고 이전 위치로 다시 돌아갔다.

'사람이 너무 일찍 일어나다 보면 이렇게 멍청해지는 법이야. 사람에게는 반드시 필요한 수면 시간이 있는 법이야. 다

른 영업 사원들은 마치 후궁의 궁녀들처럼 지내고 있지 않은
가. 예를 들어, 내가 밖에서 한 가지 일을 끝내고 오전에 숙소
로 돌아와 주문받은 것을 정리하고 기입할 때가 되어서야 비
로소 그들은 아침 식사를 시작하지 않던가. 만약 내가 우리
사장 앞에서 그런 짓을 한다면 아마도 그는 나를 당장 해고
할 게 뻔해. 나도 그렇게 여유 있게 살아보고 싶어. 부모님 때
문에 꾹 참고 이렇게 지내고 있지만, 그렇지만 않다면 나는
벌써 사표를 던지고 말았을 게 분명해. 사장 앞으로 걸어가
서 내가 생각해 왔던 걸 주저 없이 털어놓을 거야. 그렇게 했
다면 그는 틀림없이 놀라서 책상 아래로 굴러 떨어지겠지. 그
는 책상에 걸터앉아 어깨 너머로 사원들을 내려다보며 이야
기하든지, 귀가 안 들리니 말할 때마다 사원들에게 아주 가까
이 다가가야 하는 고약한 버릇을 가진 사람이니까. 하지만 전
혀 희망이 없는 건 아니야. 부모님이 사장에게 진 빚을 갚을
만큼 내가 돈을 모은다면 꼭 깨끗하게 실행할 테다. 물론 5, 6
년은 족히 걸리겠지만 말이다. 그것이 내 일생일대의 가장 큰
전환기가 되겠지. 그것은 그렇다 치고, 우선 지금 일어나야만
해. 기차 출발 시간은 오전 5시니까.'

그는 책상 위에서 째깍거리는 자명종 시계를 바라보았다.

'하느님, 맙소사!'

시계는 6시 30분을 가리키고 있었다. 시곗바늘은 조용히

계속 돌아가고 있었는데, 이미 30분을 지나 거의 45분에 가까워지고 있었다. 자명종이 울리지 않은 걸까? 침대에서 보아도 자명종 시계는 정각 4시에 울리도록 맞추어져 있었다. 시계가 틀림없이 울리긴 울렸을 것이다. 그렇다면 그리도 요란스럽게 울려대는 종소리에도 깨지 않고 편안히 잠을 잘 수 있었단 말인가? 하지만 그는 밤새 편안하게 잠을 잘 잔 것도 아니었다. 그렇기 때문에 자명종이 울린 뒤에 더욱더 정신없이 잠에 곯아떨어졌을지도 모른다.

'그나저나 이제 어떻게 한다? 다음 기차는 7시에 있으니, 그것을 타려면 미친 듯이 서둘러야 할 텐데. 하지만 아직 견본들을 꾸려 놓지도 못했고, 또 그렇게 기분이 상쾌하거나 가볍지도 않다. 만약 그 기차를 운이 좋아서 탄다 해도 사장의 불벼락을 피할 수는 없을 것이다. 왜냐하면 급사가 5시 기차로 내가 오기만을 기다리다가 제시간에 도착하지 못한 사실을 이미 사장에게 보고했을 게 확실하니 말이다. 급사는 아첨꾼에다가 줏대도 없고 분별력도 없는 그냥 사장의 앞잡이 놈일 뿐이다. 그렇다면 몸이 아프다고 둘러대면 어떨까? 하지만 그것도 괴로운 일이야. 나를 더 수상쩍게 생각할 게 분명해. 나는 지난 5년 동안 영업 사원 생활을 하면서 단 한 번도 아팠던 적이 없었으니까. 아마 아프다고 둘러대면, 사장은 조합의 주치의를 데리고 올지도 몰라. 그리고 게으른 자식 때문에 부모님까지 욕먹을지도 몰라. 그리고 그 의사에게 진찰을 받고 나면 아무리 변명을 하더라도 통할 리 없을 거야. 사실 그 조합 주치의의 입장에서 보면, 나는 건강하면서도 일하기 싫어 꾀를 피우는 사람으로만 보일 것이니까 말이야. 하지만 그럴 경우, 그 주치의가 나쁘다고만 할 수 있을까.'

지금까지 그레고르는 늘 피곤한 생활을 해 왔지만, 잠을 푹 자고 나면 머리가 상쾌해지고 식욕까지 샘솟았던 터였다.

그는 이런 생각에 빠져 있다가, 그만 잠자리에서 일어나야 되겠다고 결심하기도 전에―그때 자명종 시계가 6시 45분을 쳤다.―침대 머리맡 쪽에 있는 문에서 조심스럽게 두드리는 소리가 들렸다.

"그레고르야, 6시 45분이다. 일하러 안 가니?"

어머니의 음성이었다. 아, 저 부드러운 목소리! 하지만 그레고르는 자신의 대답하는 목소리를 듣고는 깜짝 놀랐다. 물론 틀림없는 자신의 목소리였지만, 어쩐지 바닥에서부터 울려 나옴 직한 찍찍거리는 괴로운 신음 같은 게 섞여 나왔다. 처음에 나온 말은 조금 명확했지만, 그다음 말은 말 끝머리를 흐려 놓아 상대방이 이쪽 말을 제대로 알아들었는지조차 의심스러울 정도였다. 그레고르는 이 모든 상황을 자세히 설명하고 싶었다. 하지만 이렇게 대답할 수밖에 없었다.

"네! 네! 고마워요, 어머니. 곧 일어나요."

나무판자로 된 문 때문에 문 밖에 있는 사람은 그레고르의 목소리가 변했다는 것을 알아차리지 못했을 것이다. 그래서 그런지 어머니는 그의 대답을 듣고 나서 다리를 끌며 가 버렸다. 하지만 이 짧은 대화로 말미암아 다른 가족들은 그레고르가 아직 출근하지 않았다는 사실을 모두 다 알게 되었다. 이때 아버지가 옆문을 주먹으로 가볍게 두드렸다.

"그레고르, 그레고르! 도대체 어찌 된 일이니?"

잠시 후, 아버지는 나직한 목소리로 다시금 대답을 재촉했다.

"얘야, 그레고르야!"

맞은편 문 밖에서는 누이동생이 작은 목소리로 애원하고 있었다.

"오빠, 몸이 좀 안 좋아요? 무슨 일이 있어요?"

"이제 다 되었어요!"

그는 양쪽 문을 향해서 대답했다. 그는 사이사이 간격을 두어 가면서 한 마디 한 마디를 아주 조심스럽게 발음했다. 그렇게 이상하게 변질된 목소리를 감추려고 애썼다. 아버지는 아침 식사를 하려고 되돌아갔지만, 누이동생은 여전히 문 뒤에 서서 애원했다.

"오빠, 제발 문 좀 열어 주세요. 부탁이에요."

하지만 그레고르는 도저히 문을 열 수 없었다. 오히려 출장 중에 얻은 습관대로 밤이면 모든 문의 빗장을 잠가 버리는 자신의 조심성을 스스로 칭찬했다. 그는 다른 사람에게 방해 받지 않고 조용히 일어나 옷부터 입고, 무엇보다 아침 식사를 한 뒤, 비로소 그다음 일을 생각하고 싶었다. 침대 속에서 아무리 고민하고 있다 한들, 아무런 결론에 도달하지 못하리라는 것을 스스로가 더 잘 알고 있었다. 불편한 잠자리 때문인지 몇 번 가벼운 통증을 느꼈다. 하지만 그때마다 일어나 보면 고통이 전혀 없었던 것처럼 아주 멀쩡했던 적이 한두 번이 아니었다. 물론 잠을 험하게 자서 그런지도 모르지만 말이다. 그래서 그레고르는 오늘의 이 망상도 점점 어떻게든 풀릴 것이라고 생각하며 마음을 강하게 다져 보았다. 그는 자신의 목소리도 출장 영업 사원의 고질적인 직업병, 즉 심한 감기 증세의 전조에 불과한 것일 뿐, 아무것도 아니라고 생각하고는 추호의 의심도 하지 않았다.

이불을 아래로 밀어내는 일은 매우 간단했다. 그저 숨을 약간 들이마셔서 배에 힘을 딱 주기만 하면, 이불은 자연스럽게 아래로 미끄러져 내렸다. 하지만 그다음이 문제였다. 그의 몸이 유난히 옆으로 퍼져 있었기 때문에 몸을 일으키려면 팔과 손의 도움을 받아야 했다. 그런데 팔과 손은 이미 없었고, 계속 쉴 새 없이 제멋대로 움직이는 수많은 다리만 있을 뿐이었다. 하지만 그 다리들조차 자신의 마음대로 움직여 주지 못했다. 다리 하나를 구부려 보았지만 언제 그랬냐는 듯 다시 펴지는 형편이었다. 마침내 그 다리를 사용해서 목적했던 일을 끝마치면, 그러는 사이에 다른 다리들은 마치 해방이라도 맞은 것처럼 요란스럽게 버둥대는 것이었다.

"침대에서 꾸물거려야 아무 소용없겠는걸……."

그레고르는 중얼거렸다.

우선 그는 하체부터 침대 밖으로 끌어내리려고 했다. 하지만 아직 자신의 눈으로 한 번도 자신의 몸을 보지 못했고, 어떻게 생겼는지 상상조차 할 수 없는 그 하체를 움직이기란 매우 힘들다는 것을 알았다. 게다가 움직임은 너무 느려서 시간이 아주 오래 걸렸고, 매우 힘이 들었다. 그래서 슬그머니 화가 난 그는 있는 힘을 다해 자신의 몸을 마구 앞쪽으로 밀고 갔다. 하지만 방향을 잘못 잡은 탓에, 침대 기둥에 다리를 심하게 부딪쳤다. 그는 화끈거리는 심한 통증을 느끼고서야 자신의 하체가 자신의 몸에서 감각이 가장 예민한 부분이라는 것을 비로소 깨닫게 되었다.

그래서 이번에는 먼저 상체를 침대 밖으로 끌어내리려고 조심조심 머리를 침대 가장자리로 돌렸다. 그 일은 그다지 힘들지 않게 할 수 있었다. 몸통은 무겁고 볼품없이 컸지만, 머리가 돌아가는 방향으로 몸통도 같이 움직여 주었다. 하지만 머리가 침대 밖으로 막상 나가려고 하니까 좀 불안했다. 이렇게 침대 밖으로 나가다가는 결국 침대 밑으로 나동그라질 것이고, 그렇게 되면 기적이 일어나지 않는 한 머리통이 무사할 리가 없을 것이었다. 어떤 일이 있더라도 정신을 똑바로 차려야 한다는 생각이 들었다. 그래서 차라리 침대에 그대로 있는 편이 낫겠다고 생각했다.

하지만 그는 먼저 한 것처럼 애쓴 뒤에야 한숨을 몰아쉬면서 본래 있던 자리에 다시 누울 수 있었다. 그는 조금 전보다 더 약이 오른 듯이 서로 뒤엉켜 허우적거리는 자신의 가느다란 다리들을 보면서, 이렇게 제멋대로인 혼란 속에서는 휴식과 질서를 찾기 힘들겠다고 생각하게 되었다. 그는 "그냥 침대에 누워 있을 수도 없고, 설사 침대 밖으로 나갈 수 있는 희망이 없다 하더라도, 모든 희생을 각오하더라도 이 자리에서 반드시 일어나는 게 현명할 거야." 하고 혼잣말로 중얼거렸다. 그러면서 그는 포기하는 것보다 심사숙고하는 편이 훨씬 낫다고 생각했다. 그런 와중에도 그는 순간순간 날카로운 시선을 창문 쪽에 집중시켰다. 유감스럽게도 좁디좁은 골목 건너편에 늘어선 집들까지 뒤덮고 있는 안개 때문에, 그는 밖을 바라보아도 기분이 상쾌해지거나 자신감이 생기거나 하지는 않았다.

자명종 시계가 7시를 치는 소리가 들리자, 그는 중얼거렸다.

"벌써 7시인데 아직 저렇게 아침 안개가 짙게 끼어 있다니……."

곧이어 그는 숨을 쉬며 고요히 누워 있었다. 마치 완벽한 정적으로부터 모든 것이 평소의 모습대로 되돌아가지 않을까 하는 기대라도 하듯이 말이다.

"7시 15분까지는 무슨 일이 있어도 침대에서 일어나야 한다. 그 시간이 되면 아마도 회사에서 누군가가 나를 만나기 위해서 찾아올 것이다. 회사는 7시 전에 문을 여니까……."

그는 이렇게 중얼거리고 나서 몸통 전체를 동시에 침대 아래로 떨어뜨릴 작정이었다. 이런 식으로 침대에서 떨어질 때쯤이면 머리를 재빨리 위로 치켜들면 아마 머리는 안전할 수 있을 거라고 생각했다. 또 등은 딱딱하니까 카펫 위에 떨어져도 아무 일 없을 거라고 생각했다. 하지만 문제는 추락할 때나는 '쿵' 하는 소리였다. 그 소리는 식구들을 크게 놀라게는 하지 않겠지만 무슨 일이 일어났을까 하고 그들에게 불안감을 안겨 줄 것은 분명했다. 어쨌거나 그는 이 일을 하지 않을 수 없다고 생각했다.

그레고르가 이미 몸을 반쯤 침대에서 일으켰을 때 누군가가 조금만 도와주면 일은 쉽게 끝날 수 있을 것 같은 예감이 들었다. 이 새로운 동작은 힘든 일이라기보다는 오히려 장난처럼 여겨져서 몸을 좌우로 조금씩 흔들면 그만이었다. 만일 힘센 사람이 두 명만 와 준다면 충분할 것이다. 그래서 아버지와 하녀가 생각났다. 그들이 나의 둥근 등 아래에 팔을 집어넣고 침대에서 몸을 굽혀 나를 방바닥에 내려놓으면 될 것이다. 또 내가 방바닥에 몸을 뒤집을 때까지 조금만 기다려 주면 된다. 그러면 이 작은 다리들도 제구실을 할 것이다.

'문이 모두 잠겨 있지만 않다면 구조를 요청할 수도 있을 텐데.'

그는 이런 엄청난 곤경 속에서도 이런 생각을 하게 되자 웃음을 참을 수 없었다.

그는 이미 몸을 너무 세게 흔들어 균형을 잃고 침대에서 굴러 떨어지기 일보 직전의 상태가 되어 있었다. 그렇기 때문에 뭔가 최후의 결단을 내리지 않을 수 없었다. 앞으로 5분만 지나면 7시 15분이 될 것이었다. 그때 현관문에서 벨이 울렸다.

그는 '회사에서 누가 왔구나.' 하는 생각에 온몸이 뻣뻣해지는 것 같았다. 그러는 동안에도 그의 다리들은 더욱 요란하게 꿈틀거렸다. 그 순간, 온 집 안은 잠시 조용했다.

"아무도 문을 열어 주지 않는군."

그는 이렇게 중얼거리면서 어떤 부질없는 희망을 가져 보았다. 잠시 후, 늘 그랬듯이 하녀가 침착한 걸음걸이로 나가서 문을 열어 주었다. 그레고르는 방문객의 인사말만 듣고도 그가 누구인지 알아차릴 수 있었다. 그는 다름 아닌 지배인이었다. 도대체 왜 그는 잠시 게으름을 피웠다고 해서 금방 의심을 사는 그런 회사에서 근무할 팔자를 타고났을까? 모든 직원은 쓸모없는 불량배들이란 말인가? 그래, 그들 중에는 아침에 두서너 시간을 회사를 위해 일하지 못했다는 이유로 양심의 가책을 느끼고, 얼까지 빠질 지경이 되어 침대 신세를 지게 된, 그런 충실하고도 희생적인 사람이 한 사람도 없단 말인가? 형편을 알아보기 위한 것이라면 급사 정도만 보내서 문의해도 되는 일 아니겠는가? 물론 그 '형편을 알아본다'는 일이 필요할 때의 말이지만……. 그런데 꼭 지배인이 직접 찾아와야 한단 말인가? 이 수상한 사건의 조사를 지배인 이외의 사람에게는 맡길 수 없기 때문에, 아무런 죄 없는 가족에게까지 꼭 알려야 한단 말인가? 그레고르는 침대에서 몸을 굴려 아래로 그냥 확 뛰어내렸다.

　이것은 단단히 결심해서 한 일이 아니라, 이런 저런 생각을 하면서 너무 흥분했기 때문이었다. '쿵' 하고 큰 소리가 났다. 하지만 그렇게 요란한 소리는 아니었다. 바닥에 카펫이 깔려 있었기 때문에 사람들이 놀랄 만큼 큰 소리는 나지 않았다. 생각했던 것보다 등껍질에 제법 탄력이 있었다. 다만, 고개를 조심해서 충분히 쳐들지 않았기 때문에, 머리를 카펫 바닥에 부딪치고 말았다. 그는 화가 나서 아픈 머리를 카펫에 마구 비벼 댔다.

"방 안에서 무언가가 떨어진 모양이군요."

왼쪽 옆방에서 지배인이 말하는 소리가 들려 왔다. 그레고르는 오늘 자신에게 일어난 일과 똑같은 일이 언젠가 지배인에게도 일어날지 모른다고 생각해 보았다. 그런 일이 생기지 않으리라는 보장은 그 누구에게도 없다. 하지만 그레고르의 그런 의문에 대답이라도 하는 듯, 옆방에서 지배인이 몇 발짝을 옮기면서 에나멜 구두로 삐걱거리는 소리를 냈다. 그때 오른쪽 방에서 그레고르에게 지배인이 온 것을 알리는 누이동생의 속삭이는 목소리가 들려 왔다.

"오빠, 지배인이 왔어요."

"알고 있어."

그레고르는 중얼거렸다. 그 중얼거림은 누이동생이 알아들을 수 없을 정도로 작았다. 하지만 감히 목소리를 높일 수도 없었다.

이번에는 왼쪽 방에서 아버지의 목소리가 들렸다.

"그레고르야, 지배인께서 오셔서, 네가 왜 아침 기차로 출발하지 않았느냐고 물으신다. 내가 어떻게 대답해 드려야 할지 잘 모르겠구나. 그리고 너와 직접 말씀을 나누고 싶다고 하시니까, 문을 좀 열어 주렴. 지배인께서는 너그러우시니까 방 안이 좀 어수선해도 용서해 주실 거다."

"이보게, 잠자 군."

지배인이 다정한 목소리로 물었다.

"그 애는 몸이 아파요."

아버지가 문 앞에서 그레고르에게 말을 거는 사이에 어머니가 지배인을 향해 말했다.

"몸이 좋지 않을 거예요. 지배인 님, 제 말을 믿어 주세요. 그렇지 않으면 그 애가 기차를 놓칠 리가 없지 않습니까. 그 애는 일밖에 아무것도 몰라요. 때로는 기분 전환을 위해 밤에 외출이라도 나가라고 오히려 제가 먼저 잔소리를 할 정도라니까요. 오늘까지 벌써 일주일 동안이나 시내에 와 있으면서도 매일 저녁 집에만 틀어박혀 있었어요. 식구들 곁에 있을 때도, 탁자에 조용히 앉아서 신문을 읽거나 기차 시간표를 점검하곤 하지요. 그 애에게 취미가 있다면 오로지 톱으로 무엇이든지 만드는 일뿐이에요. 지난번에는 이삼 일 저녁 내내 작은 액자를 만들었답니다. 그건 매우 훌륭한 액자예요. 그 애 방에 걸려 있지요. 저 애가 방문을 열면 얼마나 잘 만들었는지 보실 수 있을 거예요. 아무튼 이렇게 직접 저희 집에 찾아와 주셔서 고맙습니다. 우리 식구끼리만 있었더라면 문을 열라고 할 수 없었을 거예요. 그 애는 고집이 대단하거든요. 아침에 물어 보았더니 괜찮다고 말하기는 했지만, 분명히 꽤 아픈 모양이에요."

"이제 가겠습니다."

그레고르는 천천히 말했다. 하지만 밖에서 들리는 대화를 한 마디도 놓치지 않으려고 꼼짝 않고 있었다.

"그 말씀에 동의합니다, 부인! 달리 생각할 수 있겠습니까?"

지배인이 말했다.

"대수롭지 않은 병이길 바랍니다. 하지만 한 가지 말씀드리지 않을 수 없는 것은, 우리처럼 장사하는 사람들은 행복인지 불행인지 간에 몸이 불편한 것쯤은 대개 열정으로 극복해야 한다는 것입니다."

"이제 지배인께서 들어가셔도 되겠니?"

아버지가 참지 못하겠다는 투로 말하며 다시 문을 두드렸다.

"안 돼요!"

그레고르의 대답에 왼쪽 방에서는 숨 막힐 듯한 정적이 흘렀다. 오른쪽 방에서는 누이동생이 흐느껴 울기 시작했다.

왜 누이동생은 다른 사람들과 함께 있지 않은 것일까? 그 애는 틀림없이 방금 일어나서 아직 옷도 제대로 갈아입지 않은 모양이다. 그런데 왜 우는 걸까? 내가 일어나지도 않은 데다가 지배인을 방에 들여놓지 않았기 때문일까? 내가 실직을 당할까 봐? 만일 그렇게 되면 사장이 다시 옛날 빚을 가지고 부모님을 괴롭힐까 봐 두려워서 우는 걸까? 하지만 그것은 지금으로서는 쓸데없는 걱정이다. 나는 지금 이 자리에 이렇게 있으며, 가족들을 저버릴 생각은 추호도 없다.

잠시 동안 그는 카펫 위에 편안히 누워 있었다. 현재 그의 상태를 아는 사람이라면 아무도 그를 향해 지배인을 이 방으로 들여보내라고 요구하지는 못할 것이다. 물론 이것은 무례한 일임에 틀림없다. 하지만 그것은 나중에 적당히 변명할 수 있는 사소한 것이며, 그것이 당장 그를 해고시킬 만한 일이라고는 생각할 수 없다. 그레고르는 사정사정하며 지배인에게 애원하는 것보다, 오히려 지배인을 그대로 가만히 내버려두는 것이 더 현명한 처사라고 생각했다. 하지만 그의 부모들은 불안한 나머지 다른 사람들을 당황하게 만들고 변명하기에 여념이 없었다.

"잠자 군! 도대체 어떻게 된 일인가? 자네는 자기 방에 틀어박혀서 네, 아니요 하는 대답만 할 뿐이군. 부모님에게 쓸데없는 걱정만 끼쳐 드리고……. 게다가 이야기가 나왔으니 하는 말이네만, 자네는 정말 지금까지 듣도 보도 못한 이상한 방법으로 업무상 직무를 기피하고 있네. 나는 지금 이 자리에서 진지하게 자네 부모님과 사장님을 대신해서 말하겠네. 지금 당장 자네의 이러한 태도에 대해 명확한 설명을 하길 바라네. 어떻게 이럴 수가 있나? 나는 그래도 자네를 매우 침착하고 분별력 있는 사람이라고 생각해 왔네. 그런데 자네는 지금 갑자기 이상야릇한 변덕을 부리기로 작정한 사람 같네. 사실, 오늘 아침 일찍 사장님께서 내게 자네가 결근한 까닭에 대해 그럴 듯하게 추측해서 이야기해 주셨네. 최근에 자네에게 맡겨 놓았던 회수금에 관한 이야기였지. 물론 나는 그런 사장님의 해석은 타당하지 않은 것이라며 분명하고도 단호하게 이의를 제기했지. 하지만 이와 같은 자네의 이해할 수 없는 고집을 보니, 나 역시 자네를 두둔해 주고 싶었던 마음이 싹 달아났다네. 게다가 내가 말해 두고 싶은 것은 현재 자네의 위치가 그다지 안전하지 않다는 것일세. 물론 나는 이 모든 이야기를 자네와 단둘이 있는 곳에서 하려고 했네. 그런데 자네가 이처럼 쓸데없이 내 시간을 낭비했기 때문에, 자연히 자네 부모님에게까지 이런 이야기를 들려 드리게 된 것일세. 또 자네의 최근 판매 실적도 그다지 만족스럽지는 못했네. 물론 경기가 그리 좋지 않은 철이라는 것은 우리도 잘 알고 있네. 하지만 실적을 올리지 못하는 철이란 있을 수 없는 법이네. 있어서도 안 되고 말이야. 잠자 군, 알겠나?"

"아니, 지배인님!"

그레고르는 자기도 모르게 흥분해서 모든 것을 잊고 정신 없이 소리쳤다.

"지금 당장 문을 열겠습니다. 기분도 좋지 않은 데다가 현기증이 나서 일어날 수가 없었습니다. 아직도 저는 잠자리에 누워 있습니다. 하지만 이제 기분이 좀 좋아졌어요. 지금 막 침대에서 일어나는 중입니다. 잠깐만 기다려 주세요. 아직 상태가 완전히 좋지는 못합니다. 하지만 그래도 괜찮습니다. 이렇게 갑자기 병이 나다니! 사실 어제 저녁까지만 해도 저는 아무렇지 않았습니다. 부모님도 잘 알고 계십니다. 아니, 그렇게 말하고 보니 어제 저녁 조금은 이상한 점이 있기는 했습니다. 저를 자세히 보셨더라면 역시 조금은 몸 상태가 안 좋았다는 것을 아셨을 겁니다. 회사에 미리 알렸어야 했는데……. 하지만 이 정도의 병쯤은 집에서 휴식을 취하지 않더라도 충분히 이겨낼 수 있다고 생각했습니다. 저희 부모님께만은 싫은 소리를 하지 말아 주십시오. 지금 말씀하신 저에 대한 책망은 모두 아무 근거도 없는 것입니다. 저는 지금까지 한 번도 그런 비난을 들어 본 적이 없습니다. 최근 들어, 제가 발송한 주문서를 미처 보지 못하신 것은 아닌가요? 아무튼 8시 기차로 곧 떠나겠습니다. 두어 시간 쉬었더니 좀 기운이 나는군요. 지배인님, 부탁인데 먼저 돌아가 주십시오. 저도 곧 회사로 가겠습니다. 그리고 제발 너그러운 마음으로 사장님께 잘 말씀해 주십시오.”

그레고르는 이런 많은 말을 단숨에 쏟아 냈기 때문에 자기 자신이 무슨 말을 했는지조차 알 수 없을 정도였다. 그는 침대 위에서 익힌 경험을 살려서 옷장이 있는 쪽으로 다가갔다. 그러고 나서 옷장에 의지해 일어서려고 애썼다. 그는 정말 방문을 열고 지배인에게 자신의 모습을 보여 주면서 이야기하려고 마음먹은 것이었다. 그토록 자신을 만나고 싶어 하는 그 사람들이 막상 자신의 모습을 확인한다면 무슨 말을 할 것인가 적잖이 궁금하기도 했다. 만일 그들이 깜짝 놀라더라도, 내게는 아무런 책임질 일이 없으니까 그냥 조용히 있으면 된다. 또 그들이 이 모든 것을 태연하게 받아들이면, 나도 흥분할 까닭이 없다. 그렇기 때문에 8시 기차를 탈 수 있도록 서둘러 역으로 향할 것이다. 그렇게 생각하고 처음에는 몇 번씩 반들반들한 옷장으로부터 미끄러졌다. 하지만 간신히 몸을 흔들어 일으켜 그곳에 똑바로 서게 되었다. 하체가 몹시 쑤시고 불에 덴 것처럼 아팠지만 전혀 개의치 않았다. 그는 가까이에 있던 의자 등받이에 몸을 던져, 작은 다리들을 이용해 등받이 끝에 매달렸다. 그러자 그는 자제력도 회복되어 입을 꽉 다물었다. 왜냐하면 그때 지배인의 말에 귀를 기울일 수 있게 되었기 때문이다.

"당신들은 한마디라도 알아들으셨습니까? 설마 우리를 놀리려고 저렇게 하는 건 아니겠죠?"

지배인은 부모님에게 소리쳤다.

"놀릴 리가 있겠습니까?"

어머니는 울먹이면서 외쳤다.

"틀림없이 중병에 걸린 거예요. 우리는 그 애를 괴롭히고 있는 거라고요. 그레테야, 그레테!"

어머니가 누이동생을 불렀다.

"네, 어머니?"

맞은편에서 누이동생이 대답했다. 그들은 그레고르의 방을 가운데에 두고 서로 이야기를 주고받고 있었다.

"빨리 의사한테 갔다 오렴. 오빠가 아프단다. 빨리 의사를 불러 와. 너도 방금 그레고르가 말하는 소리를 들었지?"

"그건 무슨 짐승의 목소리 같았습니다."

지배인이 나지막하게 말했다. 어머니의 큰 목소리에 비해 낮은 목소리였다.

"안나, 안나! 얼른 열쇠 장수를 불러 와."

아버지가 문간방을 통해 부엌에다 대고 손뼉을 치며 소리쳤다. 그러자 이미 두 소녀는 치맛자락을 펄럭거리면서―도대체 누이동생은 어떻게 그리도 빨리 옷을 갈아입을 수 있었을까?―문간방을 빠져나갔다. 곧 현관문이 열렸다. 하지만 문 닫히는 소리가 들리지 않는 것으로 보아, 문을 열어 둔 채로 나간 게 분명했다. 무슨 큰일이라도 일어난 집 같았다.

하지만 그레고르의 마음은 점점 더 침착해지고 있었다. 사람들은 그가 한 말들을 알아듣지 못했다. 자신에게는 아주 분명하게, 전보다도 훨씬 또렷하게 들렸는데……. 아마도 자신의 귀에 익숙해졌기 때문일 것이다. 아무튼 다른 사람들은 그의 상태가 정상이 아니라는 것을 확신하고 그를 도와주려 하고 있었다. 그는 그런 최초의 조치가 취해진 데 대한 기대와 신뢰감으로 말미암아 기분이 좋아졌다. 그는 다시 사람이 사는 세계와 자신이 연결되어 있다는 기분이 들었다. 또 의사와 열쇠 장수를 제대로 구별하지도 못하면서, 두 사람에게 어떤 놀라운 성과를 기대했다. 그는 시시각각으로 다가오고 있는, 운명을 결정지어 줄 담판이 시작될 때 될 수 있는 한 정확한 음성으로 말하기 위해 몇 번이나 헛기침을 해 보았다. 점잖게 기침 소리를 내려고 애썼다. 왜냐하면 자신의 기침 소리가 인간의 소리와 다르게 들릴 수 있기 때문이었다. 하지만 그는 그 기침 소리를 이미 판단할 수 없는 지경에 이르렀다. 그러는 동안 옆방은 아주 조용해졌다. 아마 부모님과 지배인은 거실 탁자에 앉아 조용히 이야기를 나누거나, 모두들 문에 기대어 서서 이쪽을 엿듣고 있는지도 몰랐다.

그레고르는 천천히 의자를 문 쪽으로 밀었다. 거기에다 의자를 놓고 문에 몸을 기대고 나서 꼿꼿이 섰다. 이미 그의 다리에서는 끈적거리는 액체가 약간 분비되고 있었다. 그는 잠시 동안 지친 몸을 쉬었다. 그러고는 입으로 열쇠 구멍에 꽂힌 열쇠를 돌리기 시작했다. 이가 없는 것이 무척이나 유감스러웠다. 그렇다면 도대체 무엇으로 열쇠를 돌린담! 하지만 그에게는 이가 없는 대신 힘센 턱이 있었다.

그는 턱의 힘으로 열쇠를 돌렸다. 그때 분명히 어딘가 상처를 입었지만 그는 그것을 알지 못했다. 노란 액체가 입에서 나와 열쇠 위를 따라 흘러 방바닥으로 뚝뚝 떨어지고 있었다.

"저 소리 좀 들어 보세요. 그가 열쇠를 돌리고 있어요."

옆방에 있는 지배인이 말했다. 이 말은 그레고르에게 큰 힘이 되었다. 하지만 그는 아버지와 어머니도 힘을 내라고 소리쳐 주기를 바랐다.

"그레고르, 힘내라. 힘내라. 열쇠를 꼭 손에 쥐렴!"

이렇게 응원해 줄 법도 한 데 말이다. 하지만 모두가 그렇게 응원하면서 그의 노력을 지켜보고 있다는 상상을 하는 바로 그 순간, 그는 미친 듯이 열쇠를 물고 매달렸다. 그런데 열쇠가 돌아감에 따라, 그는 자물쇠 주위를 빙글빙글 돌았다. 그의 몸은 단지 입의 힘으로만 버티고 있었다. 필요에 따라 열쇠에 매달리기도 하고, 온몸의 무게를 실어서 열쇠를 내리누르기도 했다. 결국 자물쇠 열리는 소리가 들리자, 그는 제정신으로 돌아왔다. 그는 안도의 숨을 내쉬며 이렇게 중얼거렸다.

"이제 열쇠 장수가 필요 없겠군."

다시 그는 문을 활짝 열기 위해 손잡이 위에 머리를 올려

놓았다. 이렇게 해서 문은 겨우 열렸다. 하지만 문이 안쪽으로 열렸기 때문에 문 뒤에 가려져 밖에서는 그의 모습이 아직 보이지 않았다. 그는 열린 문을 따라 천천히 밖으로 돌아 나와야 했다. 게다가 문 앞에서 보기 흉하게 벌렁 넘어질 수 있기 때문에 매우 주의를 기울여 가며 움직여야 했다. 이렇게 힘든 작업에 전념하느라, 그는 다른 사람들에게 주의를 기울이지 못했다. 그런 탓에, 지배인이 큰 소리로 "앗!" 하고 소리쳤을 때에야 ─마치 바람이 지나가는 소리처럼 들렸다. ─비로소 지배인의 모습을 발견했다. 지배인은 문에 바짝 붙어 서 있었다. 그러다가 그를 발견하자 멍청하게 벌린 입을 손으로 가린 채 서서히 뒷걸음질을 쳤다. 그는 마치 눈에 보이지 않는 어떤 힘의 작용에 의해 떠밀려 가는 것처럼 보였다.

그의 어머니는 지배인이 와 있는데도 풀어헤친 머리를 손질조차 하지 않았다. 그런 그의 어머니는 양손을 합장하고 아버지 쪽을 바라보는가 싶더니 그레고르를 발견하고 나서 그레고르가 있는 쪽으로 두어 걸음 다가서다가 힘없이 그 자리에 쓰러지고 말았다. 그 순간 주름치마가 활짝 펼쳐졌고, 얼굴은 가슴 속에 파묻혀 전혀 보이지 않았다. 아버지는 증오심에 불타는 표정으로 주먹을 불끈 쥐며 그레고르를 다시 방 안으로 밀어 넣을 듯했다. 하지만 곧이어 불안하게 거실 안을 두리번거리다가 자신의 두 손으로 두 눈을 가린 채 뚱뚱한 가습을 들썩거리며 울기 시작했다.

그레고르는 방 안으로 들어갈 생각은 하지 않았다. 그는 닫힌 문 안쪽에 기대어 있었기 때문에 문 밖에서는 그의 몸의 절반만 보일 뿐이었다. 그는 갸우뚱 기울인 고개로 다른 사람들이 있는 쪽을 살펴보았다. 그러는 사이에 날이 훤하게 밝았다. 거리를 사이에 두고 마주 보이는 길고 짙은 회색빛 건물의 일부분이 뚜렷하게 보였다. 그것은 병원이었다. 그 건물 벽에는 규칙적으로 창문이 뚫려 있었다. 그때까지도 비가 내리고 있었다. 눈에 보일 정도로 굵직한 빗방울이 땅 위로 떨어지고 있었다. 식탁 위에는 아침상에 올랐던 접시들이 수북이 쌓여 있었다. 아버지에게는 아침 식사가 하루 중에서 가장 중요한 식사였다. 아버지는 여러 가지 종류의 신문을 읽으면서 식사하기 때문에 몇 시간씩이나 식사하는 자리에 앉아 있었다. 바로 맞은편 벽에는 그레고르가 군대에 있을 때 찍은 사진이 걸려 있었다. 그것은 그가 육군 소위일 때 찍은 사진으로, 한 손을 군도에 얹고 자연스러운 미소를 띠고 있었다. 마치 그 모습은 자신을 바라보는 사람들로 하여금 자신의 모습과 군복에 경의를 표하라고 요구하는 듯한 모습이었다. 현관 옆 문간방으로 통하는 문은 활짝 열려 있었고, 거실 문도 열려 있었기 때문에 건너편 현관과 2층으로 통하는 계단 입구가 보였다.

그레고르는 이 상황에서도 평정심을 유지하는 사람은 자기 자신뿐일 거라고 확신하며 입을 열었다.

"자, 곧 옷을 입고 견본을 챙겨 가지고 출발하겠습니다. 출발해도 되겠지요? 그런데 지배인님, 보시다시피 저는 고집쟁이가 아니며 일을 무지 좋아한답니다. 물론 출장 판매가 엄청나게 고된 일이긴 하지만, 그렇다고 출장 없이 어떻게 살아갈 수 있겠습니까? 지배인님, 이제 어디로 가시겠습니까? 회사로 가시겠습니까? 그러시죠? 이제 모든 일을 사실대로 보고하시겠지요? 일하지 못하게 되는 상황은 그 누구에게라도 닥칠 수 있는 일 아니겠습니까? 그런 경우에는 저의 평소 실적을 참작하셔서, 건강이 호전되기라도 하면 몇 배의 노력과 주의를 기울여 더욱더 열심히 일하겠다는 것을 제발 믿어 주십시오. 지배인님도 잘 아시다시피, 저는 사장님의 신세를 많이 진 사람입니다. 게다가 부모님과 누이동생에 대한 일도 걱정됩니다. 지금은 매우 곤란한 처지에 놓여 있습니다만, 어떻게 해서든 이 어려움을 헤쳐 나가겠습니다. 그러니 제발 저를 더한 곤경 속으로 몰아넣지 말아 주십시오. 누구나 외판원을 좋아하지 않는다는 것은 저도 잘 알고 있습니다. 그들은 외판원이 큰돈을 벌어 멋지게 살고 있다고 생각합니다. 그렇다 해서 그들의 이런 편견을 바로잡겠다고 하는 것은 아닙니다. 또 그런 기회도 없고요. 하지만 지배인님께서는 그 누구보다도 회사의 실정을 잘 알고 계시지 않습니까? 아니, 이 자리니까 말씀드립니다만, 사장님보다도 지배인님께서는 회사 상황을 더 잘 알고 계시지 않습니까? 사장님은 자신이 기업주라는 위치 때문에 자칫 고용인에 대해 불리한 판단을 내리기도 하니까요. 지배인님도 잘 아시다시피, 우리 영업 사원들은 1년 내내 회사 밖에서 보내면서 근거 없는 비난을 짊어져야 하는 희생물이 되기도 쉬운 처지에 있습니다. 또 영업 사원들은 사무실에서 일어나는 일들은 전혀 모르기 때문에, 그것을 막아낼 방법도 전혀 알지 못합니다. 그저 지친 몸을 이끌고 부지런히 출장하고 돌아왔을 때, 뭔지 알 수 없는 묘하고 께름칙한 분위기를 느끼면서도 그저 가슴만 서늘해질 뿐입니다. 지배인님, 제발 돌아가시기 전에 제 말에 일리가 있다고 한마디라도 말씀해 주십시오."

하지만 지배인은 그레고르의 말을 서너 마디도 채 듣지 않았다. 그는 이미 돌아서서 입을 내민 채 벌벌 떨며 뒤를 돌아볼 뿐이었다. 게다가 그레고르가 말하고 있는 동안에도 그는 시선을 그레고르에게 고정한 채 현관을 향해 조금씩 뒷걸음질을 치고 있었다. 마치 이 방을 떠나면 안 된다는 금지령이라도 내려진 것처럼 슬금슬금 뒷걸음질만 치는 것이었다.

그는 어느덧 현관 앞에 다다랐다. 그가 한쪽 발을 현관에 내려놓은 순간, 그는 마치 발뒤꿈치가 불에라도 데인 것처럼 황급하게 움직였다. 현관에 도착한 그는 마치 신의 구원의 손길이라도 잡으려는 듯이 오른손을 계단 쪽을 향해 뻗을 수 있는 데까지 힘껏 뻗었다.

그레고르는 이런 일로 회사에서 자신의 위치가 위태로워지면 곤란하다고 생각했기 때문에 이대로 지배인을 돌려보내서는 안 된다고 생각했다.

하지만 그의 부모님은 이런 모든 상황까지는 잘 모른다. 오래 전부터 그의 부모님은 그레고르가 이 회사에서 근무하고 있는 한 안정되고 편안한 생활은 문제없을 거라고 확신했었다. 부모님은 눈앞에 닥친 근심 때문에 그의 장래를 걱정할 여유가 전혀 없었다. 하지만 그들과 달리 그레고르는 장래 일까지 걱정하고 있었다. 그레고르는 지배인을 붙들어 놓은 다음, 그의 마음을 진정시키고 그를 설득해서 이쪽에 호의를 갖게 하지 않으면 안 된다고 생각했다.

그레고르 자신과 가족의 장래는 바로 지배인을 설득할 수 있느냐 없느냐에 달려 있었다. 바로 그 자리에 누이동생이 있었으면 얼마나 좋았을까! 누이동생은 현명하다. 그레고르가 누워 있었을 때도 그를 위해 울어 주었다. 게다가 지배인은 여자에게 친절한 사람이니까 누이동생이 말하면 틀림없이 설득당할 게 뻔했다. 누이동생이 있으면 응접실 문을 닫아 버리고, 현관에서 지배인을 붙잡아 놓은 뒤 그의 놀란 가슴을 진정시킬 수 있었을 텐데……. 하지만 안타깝게도 지금 누이 동생은 그 자리에 없다. 하는 수 없이 그 역할을 자신이 하지 않으면 안 된다. 그래서 그레고르는 어떻게 해야 자신이 몸을 움직일 수 있는지도 생각해 보지 않고, 또 무슨 이야기를 한다 해도 십중팔구 상대방이 알아듣지 못한다는 것은 생각해 보지도 않은 채, 문짝에서 슬금슬금 문지방을 넘었다.

그는 지배인 쪽으로 당장 가려고 했다. 그때 지배인은 두 손으로 현관 난간을 잡고 우스꽝스러운 모습으로 매달려 있었다. 그레고르는 잡을 곳을 찾다가 작은 비명을 내지르며 무수한 발들을 아래로 둔 채 넘어지고 말았다. 그 순간, 그는 오늘 아침 처음으로 몸이 편안해지는 걸 느꼈다. 그레고르는 다리들이 이제야 딱딱한 마룻바닥을 제대로 딛고 있었으며, 자신의 뜻대로 움직이는 것을 알게 되면서 기뻐했다. 그뿐만 아니라 다리들은 그가 가고 싶어 하는 곳까지 그의 몸을 운반해 주려고 애썼다. 결국 이렇게 됨으로써 그동안의 모든 고통이 사라지고 건강도 완전히 회복될 것 같았다. 흥분을 가라앉히고 나서 어머니가 있는 곳으로부터 그리 멀리 떨어지지 않은 곳에서 몸을 흔들며 누워 있을 때였다. 완전히 실신 상태에 있는 것처럼 보였던 그의 어머니가 갑자기 일어나 두 팔을 높이 쳐들고 소리를 질렀다.

"사람 살려요!"

그의 어머니는 그레고르의 모습을 자세히 보기라도 하려는 듯이 고개를 갸우뚱거렸으나, 곧이어 그레고르를 쳐다보기는커녕 정신없이 뒷걸음질을 쳐서 달아나고 말았다. 그녀는 뒤에 아침 식사가 준비된 식탁이 있다는 것도 잊어버렸다. 그곳에 이르자 그만 식탁 위에 주저앉고 말았다. 그래서 그녀 바로 옆에 있던 큰 커피포트가 엎어져 카펫 위로 커피가 쏟아졌다. 하지만 그녀는 그것조차 전혀 의식하지 못하는 모양이었다.

"어머니, 어머니."

그레고르는 나직한 목소리로 부르며 어머니를 올려다보았다.

그 순간, 그레고르는 지배인에 대한 생각이 머리에서 싹 사라지고 없었다. 그는 흘러내리는 커피를 보자 몇 번이나 허공을 향해 입을 벌린 채 입맛을 다셨다.

그 광경을 보자, 어머니는 또다시 큰 소리를 지르고 나서 식탁에서 도망친 다음, 때마침 달려온 아버지의 품 안으로 쓰러져 안겼다. 하지만 그는 더 이상 부모님에게 신경을 쓰느라 머뭇거리고 있을 수 없었다. 지배인은 이미 계단 위에 서 있었다. 그는 난간 위에 턱을 내밀고 마지막으로 뒤를 한번 돌아보았다. 그레고르는 어떠한 일이 있더라도 지배인을 붙들기 위해 비틀거리며 달리기 시작했다. 지배인은 이것을 보고

질겁했다. 지배인은 한꺼번에 두세 계단씩 뛰어내려 자취를 감추어 버렸다.

"휴!"

한숨을 내쉬는 소리가 계단 밑에서부터 들려 왔다. 지배인이 도망치자, 그때까지 비교적 침착했던 아버지가 당황하기 시작했다. 그는 지배인을 쫓아가지는 못할망정, 쫓아가고 있던 그레고르를 막아섰다. 게다가 지배인이 소파 위에 내팽개치고 간 모자와 외투, 단장을 오른손에 집어 들고, 왼손으로는 식탁 위의 두터운 신문지를 움켜쥐었다. 그러고 나서 발까지 구르면서 단장과 신문지를 휘둘러 그레고르를 그의 방으로 몰아넣으려 했다.

그레고르가 아무리 애원해도 소용이 없었고, 사정하는 말도 도저히 이해하지 못했다. 그가 단념하고 머리를 돌리려 했지만, 아버지는 점점 더 무섭게 발을 구를 뿐이었다. 어머니는 추운 날씨에도 창문을 열어 놓고, 몸을 창가에 기댔다. 그녀는 고개를 밖으로 내밀고는 두 손으로 얼굴을 감싸고 있었다. 골목 안과 계단 사이로 찬바람이 불어와 창문에 늘어진 커튼이 휘날렸다. 또 책상 위에 놓여 있던 신문지도 들썩거리더니 결국 몇 장이 마룻바닥 위로 떨어졌다. 아버지는 그를 방 안으로 몰아넣으려고 인정사정없이 사납게 소리를 질렀다.

그때까지 그레고르는 뒷걸음질을 쳐 보지 못했으므로 동작이 매우 느릴 수밖에 없었다. 방향 전환만 제대로 할 수 있다면 힘들이지 않고 자신의 방으로 되돌아갔을 것이다. 하지만 방향을 돌리는 데 시간이 늦어지면 아버지의 화를 돋울까 두려웠다. 게다가 언제 어느 때 아버지의 손에 들려 있는 단장에 등이나 머리를 얻어맞아 목숨을 잃을지 모른다는 위협마저 느꼈다. 하지만 결국 방향 전환을 하는 것밖에는 다른 도리가 없었다. 어차피 뒷걸음질 치다가 방향을 잘못 잡으면 더욱 큰일이었다. 그래서 그는 계속 아버지 쪽을 힐끗힐끗 훔쳐보면서 될 수 있는 대로 빨리, 하지만 실제로는 매우 느린 동작으로 방향 전환을 하기 시작했다. 그제야 아버지도 그레고르의 선의를 알아차렸는지, 그가 하는 행동을 방해하지 않고 단장 끝으로 이리저리 방향을 지시해 주었다. 듣기 싫은 '쉿쉿' 하는 소리만 없었다면 얼마나 좋았을까. 그레고르는 그 소리만 들으면 침착성을 잃어버리고 말았다. 방향을 잘못 잡아서 다시 제자리로 되돌아가기도 했다. 다행히 머리가 문 입구 쪽을 향해 틀어져 있었다. 하지만 그대로 들어가기에는 그의 몸통이 너무 커서 문을 통과할 수 없다는 것을 깨달았다. 닫혀 있는 다른 한쪽 문이라도 열어 준다면 무사히 통과할 수 있을 텐데 말이다. 아버지는 현재의 상태로는 그것을 알 리 없었다. 아버지에게 그레고르를 위한 배려를 기대할 수는 없을 것 같았다. 아버지는 그레고르에게 닥친 장애는 생각하지 않고, 더욱더 큰 소리로 그레고르를 몰았다. 이미 등 뒤에서 들려오는 소리는 이 세상에서 단 한 사람뿐인 아버지의 목소리는 아니었다. 그것은 차마 웃을 수 없는 일이었다. 그레고르는 될 대로 되는 식으로 무작정 문을 향해 돌진했다. 그의 한쪽 몸통이 문에 끼여 위를 향해 치켜졌다. 그는 방문 사이에 비스듬히 걸려 있었다. 한쪽 옆구리가 심하게 벗겨지고 하얗게 칠한 문에 보기 흉한 얼룩이 묻었다. 자신의 힘으로는 어떻게 할 수 없을 지경이 되었다. 한쪽 다리들은 허공을 향해 바르르 떨렸다. 또 다른 쪽 다리들은 마룻바닥에 부딪혀 몹시 아팠다. 그때 아버지가 뒤에서 그를 힘껏 밀었다. 그런 탓에 그레고르의 몸은 피투성이가 되어 자신의 방으로 밀려 들어와 넘어졌다.

아버지가 단장으로 방문을 닫는 소리가 '쾅' 하고 들려왔다. 그러고 나서 마침내 주위가 조용해졌다.

2

그레고르는 날이 저무는 저녁 무렵이 되어서야 겨우 혼수 상태와 비슷한 잠에서 깨어났다. 누가 잠을 방해해서가 아니라, 그냥 눈을 떠야 할 시각이었다. 실컷 잠자고 푹 쉬었다고 여겨졌기 때문이었다. 하지만 사실 빠르게 걷는 발소리와 현관으로 통하는 문이 조심스럽게 닫히는 소리에 잠이 깬 것 같았다.

가로등 불빛이 새어 들어와 천장과 가구 위를 비추고 있었다. 하지만 그레고르가 있는 주변과 방바닥은 어두웠다. 그레고르는 비로소 쓸모 있다고 느끼게 된 촉각을 불안하게 더듬거려 가면서, 무슨 일이 일어났는지 알아보려고 살금살금 문 쪽으로 기어갔다. 왼쪽 허리 언저리에 생긴 큰 상처가 불쾌하게 땅기는 느낌이 들었다. 그런 탓에, 그는 두 줄로 늘어선 양쪽 다리들을 절름거려 가며 기어가야 했다. 게다가 아침에 벌어진 소란으로 한쪽 다리에 심한 부상을 입었다. 부상을 입은 다리가 하나뿐인 것은 기적에 가깝다. 그는 힘없이 질질 다리를 끌고 기어갔다.

그가 문 앞까지 왔을 때, 그는 무엇이 그를 그곳까지 유인했는지 비로소 알 수 있었다. 그것은 바로 음식 냄새 때문이었다. 그곳에는 흰 빵 부스러기가 둥둥 떠 있는 우유 그릇이 놓여 있었다. 그레고르는 너무나 기뻐서 탄성을 지를 뻔했다. 아침보다 배가 훨씬 더 고팠기 때문이었다. 그는 주저하지 않고 우유 속에 눈까지 잠길 정도로 머리를 처박았다. 하지만 곧 실망해서 머리를 들어 버렸다. 왼쪽 허리 언저리가 아파서 먹기가 부자유스러웠다. 물론 애쓰면 먹을 수도 있었지만 말이다. 평소에 즐겨 먹던 음식이라 누이동생이 방 안에 넣어 준 것 같은데, 전혀 맛이 없었다. 그는 온몸에 소름이 끼치는 것 같아 그 음식을 밀쳐놓은 다음, 방 한가운데로 기어갔다.

그레고르가 문틈으로 내다보니, 거실 가스등이 켜져 있었다. 예전 같으면 아버지가 저녁 신문을 어머니나 누이동생에게 큰 소리로 읽어 줄 시간이었다. 하지만 지금은 아무 소리도 들리지 않았다. 누이동생이 항상 이야기해 주고, 출장 때 편지로 알려 주던 아버지의 신문 낭독 행사는 요즘에는 막을 내린 모양이었다. 그렇다고 해도 집 안에 사람이 전혀 없지는 않을 텐데, 주위가 너무 조용했다.

"어쩌면 이렇게 조용히 지낼 수 있을까."

그레고르는 혼잣말을 했다. 또 눈앞에 어둠을 지켜보면서, 부모님과 누이동생에게 이런 좋은 환경에서 생활할 수 있게 해 준 스스로가 대견스럽게 여겨졌다. 하지만 이러한 안락, 행복, 만족, 이 모든 것이 끔찍한 종말로 다가온다면 어떻게 될 것인가? 그레고르는 이런 불길한 상상을 떨쳐 버리기 위해 몸이라도 움직여 보는 편이 낫겠다고 생각하고, 이리저리 방 안을 기어 다녔다.

지루한 저녁 시간이 흐르는 동안, 옆쪽 문이 한 번, 맞은편 문이 한 번 열렸다가 닫혀 버렸다. 누군가가 뭔가를 하려고 방 안을 기웃거리는 모양이었다. 하지만 불안해서인지 망설이는 눈치가 분명했다. 그레고르는 문 옆에 최대한 몸을 바짝 밀착시키고 나서, 들어오기를 주저하는 그 방문자를 어떻게 든지 방 안으로 들어오게 하거나, 그것이 불가능하다면 최소한 상대가 누구인지를 알아내려 했다. 하지만 문은 오랫동안 기다려도 더는 열리지 않았다. 모든 문이 잠겨 있었던 아침에는 저마다 그레고르의 방으로 들어오려고 안달했었는데, 문을 열어 놓은 지금은 아무도 들어오려고 하지 않았다. 게다가 문 하나는 이미 그레고르가 열었고, 다른 문들은 낮 동안에 열렸을 게 분명했다. 또 지금은 모든 자물쇠가 밖에서 채워져 있었다.

밤이 깊어 거실의 등불이 꺼졌다. 그때야 비로소 그는 부모님과 누이동생이 그때까지 자지 않고 있었음을 알아챌 수 있었다. 발끝으로 걸어 조용히 멀어져 가는 세 사람의 발소리를 분명히 들었기 때문이었다. 다음 날 아침까지 누구도 그레고르의 방을 찾아오지 않을 것이었다. 그래서 그레고르는 자신에게 주어진 시간을 앞으로의 생활에 대해 깊이 생각해 보는 데 쓸 작정이었다. 지금 방바닥 위에 엎드려 있는 처지인 그에게 천장이 높고 텅 빈 이 방은 알 수 없는 불안감을 가져다주기에 충분했다. 하지만 그 원인은 알 수 없었다. 그 방은 5년 동안이나 지내 온 자신의 방 아닌가? 그레고르는 무의식적으로 몸을 굽혀 소파 밑으로 기어 들어갔지만 부끄러운 마음을 금할 수 없었다. 등허리가 약간 눌리고 고개를 쳐들 수는 없었지만, 소파 밑은 편안하고 아늑했다. 다만, 몸이 너무 커서 전신이 완전히 들어가지 않는 것이 안타까울 따름이었다.

그레고르는 밤새 소파 밑에 엎드린 채 가끔 꾸벅꾸벅 졸기도 했다. 또 배가 고파서 종종 잠에서 깨기도 했다. 아니면, 여러 가지 걱정과 막연한 희망에 사로잡혀 하룻밤을 새웠다. 하지만 아무리 생각해 보아도 결론은 하나였다. 즉, 가족들에게 냉정한 태도로 모든 것을 참아내면서 최대한 조심스럽게 행동해, 가족들이 겪을 불쾌감을 최소한으로 줄여 주어야 한다는 것이다. 왜냐하면 자신의 이런 모습은 아무래도 집안사람들에게 불쾌한 기분을 줄 수밖에 없기 때문이다.

해가 채 뜨기도 전인 새벽녘, 그레고르는 드디어 결심한 것을 시험할 기회가 생겼다. 어느새 문간방에서 옷을 갈아입은 누이동생이 긴장한 얼굴로 문을 열고 방 안을 들여다본 것이다. 한참 뒤, 그녀는 소파 밑에 있는 오빠를 발견하자 소스라치게 놀랐다. 사실, 그렇게 놀랄 일도 아닌데 말이다. 방 안 어디에든 내가 있는 것은 뻔한 일 아닌가! 내가 어디로 날아서 도망칠 수도 없는 노릇이고 말이다. 아무튼 그녀는 어찌할 바를 몰라 하다가 밖에서 문을 닫아 버렸다. 하지만 곧이어 누이동생은 자신의 태도를 뉘우친 양 다시 문을 열고 방 안으로 들어왔다. 마치 중병 환자나 낯선 사람의 방에 들어오는 듯이 매우 조심스러운 태도로 다가왔다. 그레고르는 소파 가장자리까지 목을 치켜들고 누이동생을 관찰했다. 누이동생은 우유를 마시지 않은 이유를 알아줄까? 배가 고프지 않아서 먹지 않은 건 아닌데, 좀 더 입맛에 맞는 음식을 가져다줄 수는 없을까?

누이동생이 시키지 않아도 스스로 가져다준다면 얼마나 좋을까? 누이동생에게 그걸 깨닫게 하느니 차라리 굶어 죽는 편이 더 나을 것 같았다. 하지만 그레고르는 소파 밑에서 기어 나와서 누이동생 발밑에 몸을 던지며 무엇이든 맛있는 것을 좀 가져다 달라고 간절히 요청하고 싶었다. 하지만 누이동생은 몹시 놀란 표정으로 그릇 주위에 약간의 우유가 흘러 있을 뿐 조금도 줄지 않은 우유 그릇을 발견했다. 곧 그녀는 우유 그릇을 집어 들었다. 그것도 맨손이 아니라 걸레 조각으로 싸서 들어올렸다. 그러고는 마시지 않은 우유를 들고 그냥 밖으로 나가 버렸다.

그레고르는 이번에는 우유 대신 무엇을 가져다 줄까 하는 기대를 걸고 상상이 미치는 대로 이것저것 생각해 보았다.

누이동생이 다시 무언가를 정성껏 들고 들어왔다. 그것을 본 그레고르는 다시 말문이 막혀 버렸다. 누이동생은 그의 식성을 시험해 보기 위해 여러 가지 음식물을 가지고 와서, 그것들을 헌 신문지 위에 쫙 펼쳐 놓았다. 오래 되어 썩은 채소와 저녁 식사 때 먹다 남은, 가장자리에 흰 소스가 말라붙어 있는 뼈다귀도 있었다. 또 몇 알의 건포도와 살구, 이틀 전에 그레고르가 맛없다며 핀잔주었던 치즈, 아무것도 바르지 않은 마른 빵과 버터를 바른 빵, 그리고 버터를 발라 소금을 뿌린 빵, 물을 담은 그릇 등이 놓여 있었다. 아무래도 이것은 그레고르를 위해 전용으로 정해 놓은 음식인 모양이었다. 게다가 누이동생은 서둘러 방 밖으로 나가고 나서 밖에서 방문을 잠가 버렸다. 왜냐하면 누이동생은 그레고르가 자기 앞에서는 아무것도 먹지 않을 거라고 생각했기 때문이었다. 또 문을 잠근 까닭은 다른 사람이 보지 않으니 마음 놓고 실컷 식사하라는 그녀만의 신호였다. 그레고르는 밥을 먹기 위해 다리를 꿈틀거리기 시작했다. 상처는 어느새 다 나아 버린 듯했다. 이제 불편한 곳은 전혀 없었다. 자신이 생각해도 신기한 노릇이었다.

사실 한 달 전에 칼로 벤 손가락이 어제까지도 욱신욱신 쑤셨는데……

'그렇다면 나의 모든 감각이 갑자기 둔해진 게 아닐까?'

그는 이런 생각을 하면서 허겁지겁 치즈를 먹기 시작했다. 여러 가지 음식 가운데서 그레고르의 입맛을 당긴 것은 치즈였다. 치즈, 채소, 소스의 순서로 연이어 음식을 순식간에 먹어 치웠다. 그는 너무 만족스러운 나머지 눈물까지 흘러나왔다. 그런데 신선한 식품 쪽은 오히려 맛이 없었다. 냄새조차 견딜 수 없어서, 먹고 싶은 것만을 골라 한쪽 옆으로 끌어가 먹기까지 했다. 그가 음식을 다 먹어 치운 뒤, 원래 있던 자리로 돌아가 태평스럽게 뒹굴고 있을 때였다. 누이동생이 열쇠를 돌리는 소리가 들려 왔다. 그것은 소파 밑으로 들어가라는 신호였다. 그는 잠이 막 들려고 하는 상태였지만, 그 소리에 놀라 급히 소파 밑으로 기어 들어갔다. 누이동생이 방 안에 머물러 있는 시간은 짧았지만, 그 짧은 시간조차 소파 밑에 들어가 있기란 여간 어려운 일이 아니었다. 왜냐하면 음식을 많이 먹었기 때문에 배가 불러서 야트막한 소파 밑에서는 답답해서 숨도 제대로 쉴 수 없을 지경이었기 때문이다. 누이동생은 그런 사실을 전혀 눈치 채지 못한 채, 먹다 남은 찌꺼기뿐만 아니라 전혀 입도 대지 않은 것들까지 모두 빗자루로 쓸어 모았다. 이곳에 가지고 온 모든 음식은 입을 대지 않은 것이라도 쓸모가 없다는 식이었다. 그러고는 모든 음식을 쓸어다가 통 속에 쏟아 부은 다음, 나무 뚜껑을 덮은 뒤에야 비로소 방에서 나갔다. 그레고르는 숨이 막힐 것 같은 상태에서 약간 튀어나온 눈으로 누이동생의 모습을 바라보았다. 누이동생이 돌아서자마자 그레고르는 소파 밑에서 기어 나와 기지개를 켜며 숨을 쉴 수 있게 되었다.

그레고르는 매일 이런 식으로 식사를 제공받았다. 아침 식사는 부모님과 하녀가 일어나기 전에, 점심 식사는 식구들의 식사가 모두 끝난 뒤에 주어졌다. 왜냐하면 점심 식사 후에 부모님은 잠시 동안이나마 낮잠을 자는 습관이 있었고, 하녀는 누이동생의 심부름으로 항상 장을 보러 외출했기 때문이었다. 물론 집안 식구 중 누구도 그레고르를 굶겨 죽이려고 하지는 않았다. 하지만 그 시간에 음식을 주는 이유는 집안 식구들이 그레고르를 피하고자 했기 때문이다. 그들은 그레고르에 대한 이야기를 누이동생을 통해서 듣는 것만으로 만족했다. 또 누이동생은 가족들에게 그레고르에 대한 일로 더 큰 걱정을 끼쳐, 슬픔을 확대시키고 싶지 않았다.

그레고르로서는 첫날 아침에 불렀던 의사와 열쇠 장수를 어떤 구실을 붙여서 돌려보냈는지, 그 당시의 일을 전혀 알 수 없었다. 그레고르가 하는 말은 상대방이 전혀 이해하지 못했고, 사람들은 자신들이 하는 말을 그레고르가 정확히 알아듣고 있으리라고 아무도 믿지 않았다. 이런 상황이었기 때문에, 누이동생도 그레고르의 방에 들어와서 가끔씩 한숨을 쉬거나, 성자의 이름을 부르며 기도하는 일 이외에는 아무 말도 하지 않았다. 얼마 지나지 않아, 누이동생은 모든 일에 다소 익숙해졌다. 물론 완전히 익숙해진다는 것은 도저히 있을 수 없는 일이었지만 말이다. 그레고르는 가끔 친절한 말씨나 친절하다고 여겨지는 말 정도는 들을 수 있게 되었다. 그레고르가 식사를 남김없이 다 먹었을 때, 누이동생은 이렇게 말했다.

"어머, 오늘은 맛이 있었던 모양이네요."

하지만 대부분의 경우에는 슬픈 표정을 지으며 이렇게 말하곤 했다.

"어쩜, 전혀 먹지 않았네요."

그레고르는 직접적으로는 어떤 새로운 사실도 전해 들을 수 없었다. 그렇기 때문에 그레고르는 옆방에서 흘러나오는 말소리에 귀를 기울였다. 사람의 목소리가 조금이라도 들리면 그는 곧 문 옆으로 기어가서 문에다 몸을 바짝 붙였다. 처음 며칠 동안은 속삭이는 소리이기는 했지만 모든 화제가 그에 대한 것이었다. 이틀 동안 계속 세 번의 식사 때마다 앞으로 어떻게 할 것인지를 의논하는 말소리가 들렸다. 식사와 식사 사이의 시간에도 집 안의 누군가가 자기에 대해 서로 이야기하는 소리가 들렸다.

아무도 홀로 집에 남아 있고 싶어 하지 않았다. 하지만 집 안 식구가 모두 나가 버릴 수는 없는 처지인지라, 언제나 최소한 두 사람은 집에 남아 있었다. 하녀가 이번 일에 대해서 어느 정도 알고 있는지는 잘 알 수 없었다. 하지만 이미 첫날 하녀는 어머니 앞에 무릎을 꿇고서 당장 이 집에서 나가고 싶다고 말했다. 또 15분쯤 지나서는 작별 인사를 했다. 마치 내보내 준 것에 대해 큰 은혜를 입은 것처럼 눈물을 흘리면서 감사의 표시를 했다. 게다가 이쪽에서 부탁도 하지 않았는데, 이번 일에 대해서는 다른 사람들에게 조금도 말하지 않겠노라고 굳은 맹세를 하고 집을 떠났다.

일이 이렇게 되자, 누이동생이 어머니와 함께 부엌일을 해야 했다. 하지만 부엌일이 그리 힘든 것은 아니었다. 왜냐하면 식구들이 거의 아무것도 먹지 않았기 때문이었다. 서로가 서로에게 많이 먹으라고 계속 권했지만, 그렇게 해도 아무 소용이 없었다. 상대방은 "고마워요. 많이 먹었어요." 하는 정도 이외에는 아무런 대답도 하지 않았다. 그레고르는 그런 식으로 서로 대화하는 것을 자주 들었다. 술을 마시는 경우도 거의 없었던 모양이었다. 누이동생이 아버지에게 맥주를 드시겠냐고 물었다. 하지만 아버지가 대답하지 않았기 때문에 누이동생은 아버지가 소문을 꺼리려고 침묵하는 것이라 짐작했다. 누이동생은 문지기 여자에게 말해서 가져오게 할 수도 있다고 말했다. 누이동생이 그렇게 말하면 아버지는 결국 크게 소리치며 "안 마시겠다." 하고 말했다. 이것으로 맥주에 대한 이야기는 더는 나오지 않았다.

사건이 일어난 첫날, 아버지는 이미 어머니와 누이동생에게 모든 재정 상태와 장래의 전망에 대해 설명했다. 그는 종종 작은 금고에서 문서나 장부 같은 것들을 들고 왔다. 이 금고는 5년 전, 그의 사업이 파산했을 때 겨우 건져 낸 것이었다. 복잡한 자물쇠를 열고 필요한 것을 찾은 후, 다시 자물쇠를 잠그는 소리가 들렸다. 아버지의 이런 설명은 어떤 면에서는 그레고르가 감금 생활을 시작한 이래 그의 마음을 위로해 준 첫 번째 희소식이었다. 그레고르는 이제까지 아버지가 파산했기 때문에 한 푼도 없는 빈털터리가 되었다고만 생각했다. 아버지는 최소한 그레고르에게 그렇지 않다는 말은 절대로 하지 않았다. 또 그레고르도 거기에 대해 아버지에게 한 번도 물어 본 적이 없었다. 그 당시, 그레고르는 가족들을 절 망으로 몰아넣은 파산의 불행을 가능한 한 빨리 가족들의 머 릿속에서 지워 버리는 데 온 힘을 기울이는 일 이외에는 아 무것도 생각하지 않았다. 그랬기 때문에 그레고르는 다른 사 람보다 더욱 열심히 일했다. 그는 순식간에 점원에서 영업 사 원으로 승급할 수 있었다. 물론 영업 사원이 되고부터는 돈을 버는 여러 방법을 알게 되었고, 일한 결과가 수수료나 현금의 형태로 그 자리에서 바뀌었다. 그래서 그레고르는 그 돈을 집 으로 가져와 가족들을 놀라게 해 주려고 탁자 위에 그 돈을 펼쳐 보일 수 있었다. 그때 그레고르는 정말 남부럽지 않았 다. 그 후, 그레고르는 한 가정의 생활비를 충분히 부담할 만 큼 큰돈을 벌었고, 집안 재정을 넉넉히 꾸려 나갔다. 하지만 그처럼 신이 나던 시절은 돌아오지 않을 것이다. 가족들도 그 렇고 그레고르도 그렇고 이제는 이런 모든 것들이 습관처럼 되어 버렸다. 물론 돈을 받는 쪽의 고마운 감정이나 내놓는 쪽의 호기에는 큰 변함이 없었다. 그렇지만 처음처럼 특별하 게 훈훈한 감정은 결코 일어나지 않았다. 단지 누이동생만이 변함없이 오빠에게 각별한 애정을 보여 주었다. 그레고르와 달리 그녀는 음악에 재능이 있었다. 특히 바이올린 솜씨가 훌 륭했기 때문에, 그레고르는 내년에 누이동생을 음악 학교에 보내야겠다고 굳게 마음먹었다. 물론 학비가 많이 들겠지만,

그 정도의 돈은 다른 방법을 통해서라도 어떻게든 구할 수 있을 것으로 생각했다. 그레고르는 집에 잠시 돌아와 있는 동안 누이동생이 갈 음악 학교에 대해 서로 이야기를 나누곤 했다. 하지만 그것은 실현 불가능한 아름다운 꿈으로 여겨지고 있었다. 부모님은 우리가 나누는 그런 허물없는 대화조차 좋아하지 않았다. 하지만 그레고르는 이 계획을 철저히 세워 놓고 크리스마스이브에는 그것을 엄숙히 발표하려고 마음먹었다.

그레고르는 문에 기대어 꼿꼿이 일어서서 이야기 소리에 귀를 기울이는 동안, 현재 생각해 보았자 아무 소용없는 그런 부질없는 일들을 문득 떠올리고 있었다. 온몸이 노곤해져서 엿듣는 일이 매우 힘들어졌고, 자기도 모르는 사이에 머리를 문에 부딪치기도 했다. 그럴 때면 황급히 문을 꼭 붙들었다. 왜냐하면 그런 작은 소리까지도 옆방 사람들은 알아챘고, 그 소리가 그들 귀에 들어가면 모두 다 하던 이야기를 멈추어 버렸기 때문이었다. 아버지가 잠시 사이를 두었다가 문 쪽을 향해 "또 무슨 짓을 하는군." 하고 말하면, 곧이어 중지했던 대화가 다시 소곤소곤 이어졌다.

그레고르는 그들이 하는 대화를 거의 다 엿들었다. 왜냐하면 아버지는 자신의 말을 여러 번 반복하는 버릇이 있었기 때문이었다. 아버지는 이미 오랫동안 그런 이야기를 꺼내지 않은 데다가, 이야기를 듣는 어머니도 한 번에 상대방의 말뜻을 온전히 이해하지 못했기 때문이었다. 아버지의 설명을 엿들은 그레고르는 여러 가지로 타격을 입었음에도 불구하고 옛날 재산이 아직 조금 남아 있다는 것, 그동안 전혀 쓰지 않고 남에게 빌려 준 돈이 적지만 어느 정도 이자가 붙어났다는 것을 잘 알 수 있었다. 게다가 그레고르가 매달 집에 가져온 돈도 전부 써 버린 것이 아니었고, 열심히 저축해서 약간의 돈이 모여 있다는 것도 알 수 있었다. 물론 그레고르 자신은 용돈으로 겨우 2, 3굴덴을 썼을 뿐이었다. 그레고르는 문 뒤에서 열심히 고개를 끄덕이며 들었다. 그레고르는 기대하지 못했던 가족들의 조심성과 근검절약에 대해 매우 대견스럽게 생각했다. 예전에 그런 여윳돈이 있었다면 아버지의 빚을 모두 갚아 버리고 홀가분하게 그 직장을 그만둘 수 있었을 것이다. 하지만 지금 와서 생각하면 아버지가 취한 행동이 현명했으며, 그런 현명한 행동이 집안에 행운을 가져왔다고 말할 수밖에 없었다.

돈이 좀 있기는 하지만 그 정도의 적은 이자로는 한 가족의 생활을 꾸려 나가기가 힘들다. 그 정도의 돈으로는 1년이나 잘해야 2년 정도를 유지할 수 있을 뿐이다. 결국 그것은 손을 대서는 안 될 돈이었고, 만일의 경우를 대비해서 남겨 놓아야 할 여분의 돈에 지나지 않았다. 생활비는 다른 방법으로 꼭 벌어야 한다. 그런데 아버지는 건강하긴 했지만 이미 나이가 많고 5년 동안이나 아무 일도 하지 않고 지내 왔다. 그렇기 때문에 아버지는 일해서 생활을 꾸려 나갈 자신을 잃고 있었다. 게다가 지난 5년간은 고생만 하고 아무런 보람도 없었던 그의 일생에서 처음으로 얻은 휴가라고 할 수 있었다. 그러는 동안에 아버지는 완전히 살이 쪄서 몸을 자유롭게 움직일 수 없는 상태가 되었다. 그러면 어머니가 그를 대신해서 일해야 하는데, 어머니는 천식이라는 지병을 가지고 있었기 때문에 늘 창문을 열어 놓고 소파 위에서 지내야 할 형편이었다. 그러면 남은 식구는 누이동생뿐이었다. 하지만 그녀는 이제 겨우 열일곱 살의 소녀로, 지금까지의 생활이라야 몸치장이나 하고, 잠만 자고, 고작 부엌 심부름이나 하고, 돈이 들지 않는 값싼 구경이나 다니는 아이였다. 무엇보다 지금까지 바이올린을 켜는 일이나 하면서 지내 온 아이가 아닌가. 이 어린 누이동생이 어찌 한 집안을 떠맡을 수 있겠는가? 옆방에서 돈이 필요하다는 이야기가 나올 때마다, 그레고르는 늘 문 옆을 떠나 창가에 있는 차디찬 가죽 소파 위에 몸을 던졌다. 왜냐하면 부끄러움과 서글픔으로 몸이 한껏 달아올랐기 때문이다.

그레고르는 밤새 가죽 소파 위에서 꼼짝하지 않고 소파에 씌워진 가죽만 쥐어뜯고 있을 때가 많아졌다. 때로는 힘이 드는 줄도 모르고 의자를 창가로 밀고 가서 창턱에 기어오르기도 했다. 또 어떤 때는 그냥 그 의자에 기어올라 창에 기대어 예전에 창밖을 바라보면서 느꼈던 일종의 해방감을 떠올려 보기도 했다. 하루하루 그렇게 바라보고 있노라니, 이제 조금만 거리가 떨어진 곳에 있는 것도 사물의 윤곽이 점점 희미해져 갔다. 예전에는 아침저녁으로 눈앞에 보이는 건너편 병원 건물이 보기 싫어서 견딜 수가 없었다. 하지만 이제는 그 병원도 볼 수 없게 되었다. 한적하기는 하지만 도시 한복판인 샤로텐 거리에 살고 있다는 사실을 기억하지 못하고 있었더라면, 그는 창밖의 전망이 회색 하늘과 회색 대지가 합쳐져 분간할 수 없는 어떤 황야라고 착각했을지도 모른다. 누이동생은 무슨 일을 하는지 주의력이 매우 높다. 그래서 누이동생은 의자가 창가에 놓여 있는 것을 두 번이나 발견했기 때문에 방 청소를 끝내면 항상 창가 그 자리에 의자를 갖다 놓았다. 그뿐만 아니라 그 후로는 안쪽 창문까지 열어 놓아 주었다.

그레고르가 누이동생과 언어가 잘 통해서 그녀가 해 주는 모든 것에 대해 감사를 표시할 수만 있었다면, 그는 누이동생의 보살핌을 좀 더 편안한 기분으로 받아들일 수 있었을 것이다. 하지만 그것이 불가능했기 때문에, 그의 마음은 더욱더 괴로웠다. 누이동생은 여러 가지 사건으로 말미암은 괴로움을 가능한 한 잊으려고 부단히 노력했다. 또 시간이 지남에 따라, 그런 모든 일들이 점점 나아져 갔다. 게다가 그레고르도 시간이 지나면서 모든 것을 처음보다 훨씬 더 정확히 관찰할 수 있었다. 누이동생이 방 안에 들어오기만 해도 그레고르는 괴로웠다. 예전에는 누이동생이 그레고르의 방을 다른 사람에게 보이지 않으려고 애썼다. 하지만 이제는 그레고르의 방에 들어서기가 무섭게 창가로 급히 달려가서 창문을 활짝 열어젖힌 다음 심호흡을 했다. 그러고 나서 아무리 날씨가 추워도 창가를 떠나지 않았다. 이처럼 그녀는 달음박질과 창문을 덜거덕거리게 하는 소란을 부려 하루에 두 번씩 그레고르를 놀라게 만들었다. 그래서 그레고르는 누이동생이 방 안에 있는 동안 늘 소파 아래서 떨고 있어야 했다. 하지만 그레고르는 누이동생을 충분히 이해할 수 있었다. 만일 누이동생이 그레고르의 방에서 창문을 닫은 채 일할 수 있었다면, 그레고르는 이런 고통을 느끼지는 않았을 것이다.

그레고르가 변신한 지 한 달이 지난 어느 날이었다. 그 무렵, 누이동생은 그레고르의 모습을 보고도 아무런 공포심을 느끼지 않았다. 한번은 누이동생이 평소보다 조금 빨리 왔을 때의 일이다. 그레고르가 꼼짝도 하지 않고 조용히 창밖을 내다보고 있을 때, 그녀가 방 안으로 들어온 적이 있었다. 누이동생은 그런 그레고르의 모습을 보자마자 소스라치게 놀랐다. 그레고르가 그렇게 창가에 있으면 바로 창문을 열 수 없기 때문에, 누이동생이 방 안으로 들어오지 않은 것은 전혀 이상한 일이 아니었다. 하지만 누이동생은 방 안으로 들어오지 않았을 뿐만 아니라, 그 자리에서 뒷걸음질을 치다가 문을 닫아 버렸다. 아마 모르는 사람이 보았다면, 그레고르가 누이동생이 들어오기를 기다리고 있다가 그녀를 물어뜯으려고 했다고 말할지도 모를 일이다. 곧바로 그레고르는 소파 밑으로 몸을 숨겼다. 하지만 누이동생은 점심때가 되어서야 비로소 모습을 나타냈다. 그녀는 평소보다 무척이나 불안해 보였다. 아직도 그의 모습을 보는 것은 누이동생으로서는 참을 수 없는 일인 것이다. 그레고르는 그 일을 통해 앞으로 이런 상황이 꽤 지속되리라는 것을 짐작하고 있었다. 소파 밑에 숨어 있더라도 그의 몸은 조금 보였다. 누이동생은 그의 몸 일부분만 보아도 도망치고 싶었지만 그것을 내내 참아내고 있었던 것이다. 그것은 그녀의 굉장한 자제력과 연결되어 있는 셈이다.

어느 날, 그레고르는 그의 몸이 누이동생에게 보이지 않도록 이불을 등에 올려놓고 소파 밑으로 운반했다. 이 일을 하는 데 꼬박 네 시간이 걸렸다. 또 그는 자신의 몸이 조금이라도 보이지 않게 하려고, 누이동생이 몸을 잔뜩 구부려도 보이지 않게 하기 위해 이불을 가능한 한 잘 덮었다. 누이동생이 이 이불이 필요 없다고 생각한다면 물론 치워 버릴 수도 있다.

하지만 그레고르는 자기 좋으라고 이런 식으로 몸을 드러내지 않는 것은 아니라는 것쯤은 누이동생이 짐작해 주리라 생각했다. 그는 이불을 조금 치켜들고 누이동생이 자신의 이런 행동을 어떻게 판단하고 있는지를 엿보았다. 누이동생은 마치 감사의 미소를 던지면서 바라보는 것 같았다.

변신이 된 지 첫 두 주일이 지나는 동안, 부모님은 그레고르의 방에 들어가는 것을 꺼렸다. 부모님은 예전에 누이동생에게 종종 화를 냈었다. 왜냐하면 부모님은 평소에 누이동생을 하잘것없는 여자애 정도로만 여겼기 때문이다. 하지만 그레고르는 그들의 대화를 통해 이제 그들이 누이동생에게 고마워하고 있다는 것을 미루어 짐작할 수 있었다. 부모님은 이제 누이동생이 그레고르의 방을 청소하고 나오면 그레고르의 방 안 상태나 그레고르가 먹은 것, 그레고르의 행동거지, 또 좀 나아지는 징조가 보이는지 등을 물었다. 누이동생은 부모님에게 이에 대해서 자세히 설명해 주어야 했다. 또 어머니는 조만간 그레고르를 만나보고 싶어 했다. 하지만 아버지와 누이동생은 여러 가지 이유를 들어 가며 그런 어머니의 방문을 막았다. 그레고르는 그 이유에 대해 신경을 곤두세우며 들었다. 그런데 그 이유는 타당한 것이었다. 여태까지 어머니는 여러 가지 이유로 말미암아 주저했다. 하지만 마침내 아버지와 누이동생이 그녀를 필사적으로 만류했다. 하지만 어머니는 있는 힘을 다해 큰 소리로 외쳤다.

"제발 들어가게 해 주세요, 반드시 그레고르를 만나야겠어요. 누가 뭐라 해도 그 애는 내 자식이니까요. 당신도 그 애가 불쌍한 아이라는 걸 잘 알고 있잖아요."

매일은 아니라고 하더라도 최소한 일주일에 한 번쯤은 어머니가 들어오게 해 주어도 좋을 듯했다. 아무래도 어머니가 누이동생보다 더 잘 돌봐 줄 것이니까 말이다. 누이동생의 마음은 고맙게 생각하지만, 그녀는 단지 어린 소녀일 뿐이다. 그런 어린아이가 흔히 가질 수 있는 가벼운 기분에서 지금 이 어려운 일을 감당하고 있는 것이리라.

어머니를 만나 보고 싶다는 그레고르의 소원은 곧 이루어졌다. 그레고르는 부모님이 상심할 것을 염려해서 한낮에는 창가에 나타나지 않았다. 하지만 겨우 2, 3제곱미터 넓이밖에 되지 않는 방을 기어 다녀 보았자 별수 없었다. 그냥 쥐 죽은 듯이 지내는 것은 밤만으로도 충분했다. 요즘 들어서는 음식을 먹는 일도 당기지 않았기 때문에, 벽이나 천장을 헤집고 다니는 습관을 들여서 기분 전환을 하고 있었다. 그중 천장에 달라붙어 있는 일은 그를 흥미롭게 했다. 방바닥에 엎드려 있는 것과는 달리 색다른 기분이 들었다. 마음이 조금은 편안해지고 가벼운 경련이 온몸으로 전해졌다. 그는 천장에 달라붙어 있으면서 행복감에 젖어서 무아지경의 상태에 빠져들었다가, 자기도 모르게 방바닥 위로 떨어져서 깜짝 놀라는 일도 더러 있었다.

하지만 지금은 변한 몸으로 자유로이 움직일 수 있어서 추락한다고 하더라도 그리 대단한 일은 아니었다. 누이동생은 그레고르가 생각해 낸 이 새로운 취미를 곧 알아챘다. 그레고르가 벽이나 천장을 기어 다니면서 여기저기 찐득찐득한 점액 자국을 남겼기 때문이었다. 누이동생은 오빠가 기어 다니는 데 방해가 되는 가구, 즉 옷장이나 책장을 치워 주려고 했다. 그런데 그 일은 혼자 할 수 있는 것이 아니었다. 그렇지만 아버지에게 도움을 요청할 수도 없었다. 물론 하녀도 이런 일을 도와주는 법은 없었다. 열여섯 살쯤 된 하녀는 예전 하녀가 그만둔 이후로 끈질기게 참으며 집안 살림을 도맡아 해 주었다. 하지만 부엌문은 항상 꼭 잠가 놓고는 여간해서 문을 여는 일이 없었다. 그렇기 때문에 아버지가 없을 때 기회를 봐서 어머니에게 도움을 요청할 수밖에 별도리가 없었다.

어머니는 너무나 기쁜 나머지 탄성을 지르며 도와주려고 했다. 하지만 그레고르의 방문 앞에까지 오자, 어머니는 더는 입을 열지 않았다. 물론 누이동생은 어머니를 부르기 전에 그레고르의 방 안을 미리 점검했다. 그녀는 모든 확인이 끝난 뒤에야, 비로소 어머니를 방 안으로 안내했다. 그레고르는 너무 당황해서 이불을 보통 때보다 깊이, 일부러 주름을 많이 잡아서 덮었다. 제대로 보지 않으면 그냥 소파 위에 이불이 널려 있는 것처럼 보였다. 그레고르는 이번에도 습관적으로 이불 밑에서 조심스럽게 상황을 엿보았다. 하지만 그는 순간적으로 어머니의 모습을 보는 것을 단념했다. 그는 어머니가 자신의 방을 찾아와 준 것만으로도 더없이 기뻤다.

"괜찮아요. 어머니, 들어오세요. 오빠는 보이지 않아요."

누이동생이 이렇게 말했다.

누이동생은 들어가기를 망설이는 어머니의 손을 끌어당기는 것 같았다. 드디어 그레고르의 귀에는 연약한 두 여자가 무거운 옷장을 힘겹게 옮기는 소리가 들려 왔다. 또 누이동생이 도맡아 힘을 쓰고 있는지, 어머니는 걱정스러운 목소리로 너무 무리하지 말라고 누이동생을 말리고 있는 모양이었다. 하지만 누이동생이 계속 열심히 움직이는 소리가 들렸다. 15분쯤 지났을 때, 어머니의 힘없는 음성이 들렸다.

"이 옷장은 그대로 이 방에 두는 게 낫지 않겠니? 너무 크고 무거워서 옮길 수가 없을 것 같구나. 아버지가 돌아오셔야 이걸 옮길 수 있을 것 같은데……. 그렇다고 이 큰 것을 방 한가운데에다 놓아두면 그레고르가 다니는 데 방해가 될 게 분명해. 게다가 가구를 치워버리는 것을 그레고르가 좋아할지 알 수 없지 않니. 그냥 차라리 예전처럼 그대로 두는 편이 그레고르를 위하는 일 아니겠니? 가구가 없으니 방 안이 텅 비어서 허전한 마음이 드는구나. 그레고르가 오랫동안 이 방에서 지내 왔으니, 모든 것을 갑자기 바꾸면 아무래도 쓸쓸한 기분이 들지 않겠니?"

어머니는 여린 목소리로 말했다.

어머니는 처음부터 누이동생의 귓가에 바짝 다가가 조용히 말했다. 그레고르가 어디에 숨어 있는지 잘 알 수는 없었지만, 어딘가에 있으면서 자신의 말을 듣지 않을까 염려해 조심하는 말투였다. 그녀는 그레고르가 사람의 말을 이해하리라고는 도저히 생각할 수 없었다.

"가구를 없앤다면, 마치 우리가 그 애의 회복을 포기하고, 더는 그 애에 대해 신경을 쓰지 않고 돌봐 주기 싫어서 방치하는 것처럼 보이지 않겠니? 나는 방 모양을 옛날과 똑같이 놓아두어야 그 애가 회복되면 이전과 다름없는 자신의 방을 보고 그만큼 쉽게 그동안의 일을 잊을 수 있을 것 같구나."

그레고르는 어머니의 말을 엿듣고 나서 깨달았다. 그는 자신이 사람들과 어울릴 수 없고, 집에서 단조로운 두 달간의 생활을 하는 동안 틀림없이 머리가 돌아 버린 것이라고 말이다. 왜냐하면 스스로 방 안이 텅 비어 있기를 바란다는 것은 자신이 돌았다고 인정하는 것밖에는 다른 도리가 없었기 때문이다. 제정신이라면 가구가 놓여 있는 정든 방을 텅 빈 동굴로 만들어 버리려는 생각을 어찌 할 수 있단 말인가. 물론 가구가 없다면 방 안 구석구석을 마음껏 기어 다닐 수는 있을 것이다. 하지만 그의 예전 삶은 순식간에 잊어버리게 될 것이 분명하다. 게다가 지금도 거의 잊혀 가고 있지 않은가? 지금 어머니의 목소리를 오랜만에 들었기 때문에, 잠시나마 자신의 본모습으로 되돌아온 것이다. 어머니의 말처럼, 이 방은 아무것도 치워져서는 안 된다. 모든 것을 전부 그대로 두어야 한다. 가구가 그에게 미치는 영향을 없애면 안 된다. 만일 그것이 기어 다니는 데 불편을 준다 할지라도, 자신으로서는 해가 되기보다 큰 이익이 될 게 뻔하다.

하지만 안타깝게도 누이동생의 의견은 달랐다. 누이동생은 그레고르에 대해서만은 부모님보다 그 사정을 훤히 알고 있었기 때문에 마치 그레고르 전문가 같은 역할을 했다. 누이동생은 원래 옷장과 책상만을 치우려고 했지만, 막상 어머니의 충고를 듣자 생각이 완전히 달라졌다. 그녀는 반드시 있어야 할 소파를 빼고는 모든 가구를 몽땅 치워 버리자고 강력하게 주장하기 시작했다. 이처럼 누이동생이 고집을 부리게 된 것은, 물론 소녀다운 반항심이나 자신도 모르게 최근에 몸에 밴 자부심 탓이라고만 할 수는 없었다. 실제 그녀는 오빠에게 넓은 공간이 필요하기 때문에, 방 안의 가구들은 없는 편이 낫다고 생각하고 있었다. 물론 충분히 그 나이 또래 소녀에게서 흔히 볼 수 있는 맹목적인 열성도 한몫 작용했을 것이다.

그러한 열성은 언제나 자신을 충족시킬 수 있는 기회를 찾게 된다. 그 심리가 이번에도 그레테를 유혹해서 그레고르의 처지를 더욱 비참하게 만들고 있었다. 그레테는 한층 더 열심히 그를 위해서 봉사하겠다는 열정에 사로잡혀 있을 뿐 아니라, 그 유혹에 빠져 있었다. 아무것도 없는 텅 빈 방에 그레고르가 홀로 남게 되면, 그레테 이외에는 누구도 들어오기를 꺼려 하지 않겠는가.

누이동생은 이런 이유로 자신이 결심한 것을 되돌리지 않았다. 어머니는 그레고르의 방에 있는 것만으로도 무척 겁먹은 듯이 불안해 보였다. 그래서 그녀는 아무 소리 없이 옷장을 밖으로 옮기는 일을 거들어 주었다. 그런데 이 옷장은 없더라도 별문제가 되지 않았다. 하지만 책상은 달랐다. 두 여자가 힘들게 옷장을 밀고 밖으로 나가자, 그레고르는 소파 밑에서 조심스럽게 고개를 내밀었다. 그러고 나서 어떻게 하면 그들이 하는 일에 신중하고 조심스럽게 간섭할 수 있을까 하고 생각했다. 하지만 그때 불행하게도 어머니가 먼저 방으로 돌아왔다. 그레테는 아직 옆방에서 이리저리 옷장을 붙들고 움직이고 있었다. 물론 옷장의 위치는 조금도 움직여지지 않았다. 어머니는 그레고르의 모습을 보는 데 익숙하지 않아서 그를 보면 놀라서 기절할지도 모를 일이었다. 당황한 그레고르는 소파의 다른 끝 쪽으로 재빨리 움직였다. 하지만 그때 이불의 앞쪽이 조금 들리는 것은 어쩔 수 없었다. 그것만으로도 어머니는 큰 반응을 보였다. 어머니는 잠시 가만히 서 있다가 곧이어 옆방의 그레테에게 달려가 버렸다.

엄청난 사건이 일어난 것도 아니고, 가구 두세 개를 옮긴 것뿐이다. 그레고르는 이런 식으로 몇 차례 스스로를 타일렀다. 하지만 그들이 드나들면서 내는 소리, 나직하게 서로를 부르는 소리, 방바닥 위에 가구가 부딪치는 소리 등으로 말미암아 사방은 소음으로 요란스러웠다. 그는 방바닥에서 조금도 몸을 움직이지 않았다. 하지만 그의 인내력도 한계에 달하지 않을 수 없었다. 지금 저 두 여인은 그의 방을 완전히 바꾸고 있다. 그가 좋아하는 물건들을 모조리 없애 버리려고 하고 있다. 작은 톱이며, 온갖 연장들이 들어 있는 상자는 이미 옮겨 가 버렸다. 또 지금은 방바닥에 꼭 부착된 그의 책상을 흔들고 있다. 그것은 어린 시절부터 그레고르가 사용해 온 아주 소중한 책상이다. 일이 이렇게 되고 보니, 그녀들이 하고 있는 선의의 일을 좋은 마음으로 받아들여 줄 여지가 사라져 버렸다. 그는 두 사람의 존재조차 거의 잊어버렸다. 왜냐하면 두 사람은 이미 지쳐 있었기 때문이다. 그녀들은 아무 말도 없이 일만 하고 있었으므로, 그에게 들리는 것은 조심스러운 그들의 발자국 소리뿐이었다.

그레고르는 더는 이 모든 것들을 참고만 있을 수 없었다.

그는 소파 밑에서 기어 나왔다. 그녀들은 때마침 옆방에서 옮겨 놓은 책상에 기대어 잠시 숨을 돌리고 있었다. 그는 어떤 가구를 남겨 놓아야 할지 결정하지 못한 채로, 기어가는 방향을 네 번이나 바꾸었다. 이제 방은 텅 비었고, 모피로 감싼 여인의 초상화만 유독 눈에 띄었다. 그래서 그는 급히 기어 올라가 유리 위에 몸을 바짝 붙였다. 유리는 그의 몸을 시원하게 해 주었다. 그레고르는 이 그림만은 아무도 가져가지 못하게 반드시 감추어야겠다고 생각했다. 이쪽으로 다시 오고 있는 어머니와 누이동생의 모습을 살펴보기 위해서, 그는 고개를 들어 거실과 통하는 문 쪽을 바라보았다.

두 사람은 잠시 쉬었다가 돌아왔다. 그레테는 힘이 빠진 어머니를 껴안다시피 부축했다.

"자, 어머니. 이제 어떤 것을 치울까요?"

그레테가 이렇게 말하며 주위를 둘러보았다. 그때 그레테와 벽에 달라붙어 있는 그레고르의 시선이 마주쳤다. 누이동생은 어머니가 있었기 때문에 침착하게 행동하려고 애썼다. 그녀는 얼굴을 어머니 쪽으로 돌리면서 어머니에게 말했다.

"어머니, 잠시 거실에 가 계시는 게 좋겠어요!"

그녀의 목소리는 이미 침착함을 잃고 있었다. 그것은 그저 분별없이 한 말이었다. 그레고르는 그레테의 속셈을 바로 알아챌 수 있었다.

'어머니가 나를 볼 수 없게 안전한 곳으로 데리고 간 뒤에, 나를 제자리로 쫓아 보내려는 거겠지. 좋아, 한번 쫓아 보라지.'

그레고르는 그림을 둘러싸고, 절대 그것을 내주지 않겠다고 굳게 결심했다. 그림을 내주느니 차라리 싸울 태세였다. 하지만 그레테가 그런 말을 한 것은 오히려 역효과를 가져왔다. 처음부터 어머니는 그레테의 말에 불안함을 느꼈다. 어머니는 한 걸음 옆으로 물러섰다. 그러고 나서 꽃무늬 벽지 위에 있는 큰 갈색 반점을 보고, 그게 바로 그레고르라는 것을 깨닫기도 전에 그만 소리를 지르고 말았다.

"앗! 저게 뭐야? 사람 살려!"

어머니는 양팔을 벌리고 나서, 마치 모든 것을 포기라도 하듯이 소파 위에 쓰러졌다. 그리고 그녀는 꼼짝도 하지 않았다.

"그레고르!"

누이동생은 주먹을 쳐들고 날카롭게 그레고르를 바라보았다. 이 말은 그레고르가 변신한 후에 누이동생이 처음으로 직접 그에게 던진 말이었다. 누이동생은 어머니의 의식을 회복시킬 약제를 찾으러 옆방으로 뛰어 들어갔다. 그레고르도 누이동생을 도와주고 싶었다. 그래도 그림을 지킬 시간은 충분히 있었다. 하지만 그의 몸이 유리에 꼭 붙어 있었기 때문에 몸을 떼기 위해 애써야만 했다. 그는 예전처럼 누이동생에게 어떤 충고의 말을 해 줄 수 있을 것 같았다. 하지만 그는 단지 누이동생 뒤에 우두커니 서 있을 수밖에 없었다. 누이동생은 여러 가지 병들을 뒤적거리다가 뒤를 돌아보더니 깜짝 놀랐다. 그때 병 하나가 아래로 굴러 떨어져 산산조각이 났다. 그중 유리 조각 하나가 그레고르의 얼굴에 튀어 상처를 입혔다. 그의 몸에는 이상한 부식제 같은 약물이 흘러내렸다. 그레테는 조금도 주저하지 않았다. 그녀는 손에 여러 개의 병을 든 채, 어머니에게로 달려갔다. 그녀는 발로 문을 차서 쾅 닫아 버렸다. 그렇게 해서 그레고르는 어머니로부터 다시 완전히 차단되었다. 어머니는 그레고르 때문에 거의 죽기 일보 직전이 되었다. 절대 이 문을 열어서는 안 된다. 어머니 곁에 있어야 할 누이동생을 자신이 들어감으로써 쫓아낼 생각은 없다. 그는 이제 기다리고 있을 수밖에 없었다.

그레고르는 자책과 불안에 휩싸여서 기어 다니기 시작했다. 그는 벽과 가구와 천장 위를 이리저리 기어 다녔다. 그레고르의 시선으로 방 전체가 빙빙 돌기 시작했다. 그러다가 절망 상태에 놓인 그레고르는 천장에서 책상 위로 떨어졌다.

어느 정도의 시간이 흘렀다. 그레고르는 힘없이 몸을 축 늘어뜨린 채 누워 있었다. 주변은 아주 조용했다. 아마도 그것은 좋은 징조일 것이다. 그때 초인종이 울렸다. 하녀는 주방에 틀어박혀 있었기 때문에 그레테가 문을 열러 나가야 했다. 아버지가 돌아온 것이다.

"무슨 일이 있었니?"

아버지가 던진 첫마디였다. 그는 그레테의 표정을 보고 나서 곧바로 모든 것을 짐작했다. 그레테의 목소리가 잘 들리지 않았다. 왜냐하면 아버지의 가슴에 얼굴을 파묻고 있었기 때문이었다.

"어머니가 기절했어요. 하지만 지금은 조금 괜찮아지셨어요. 그레고르가 기어 나왔지 뭐예요."

"그럴 줄 알았다. 내가 뭐라든……. 여자들이란 도대체 사람 말을 안 들어 먹는단 말이야. 그러니 이 모양이지."

아버지는 그레테의 아주 간단한 말만 듣고, 그레고르가 난폭한 짓이라도 저지른 것으로 오해하고 있는 모양이었다. 그레고르는 아버지의 마음을 되돌릴 수 있을 만한 무슨 일을 해야 했다. 하지만 그에게는 이런 저런 사정을 설명할 시간도, 그리고 그럴 가능성도 없었다.

그레고르는 방문 앞으로 달려가 몸을 문에 바짝 붙였다. 그렇게 한 까닭은 문만 열어 주면 당장 방으로 들어가려 한다는 자신의 뜻을 현관에서 들어오는 아버지에게 잘 알릴 수 있다고 생각했기 때문이다.

하지만 아버지는 그레고르의 그런 섬세한 마음을 헤아리

지 못했다. 그는 방 안으로 들어서자마자 "앗!" 하고 소리쳤다. 그것은 분노와 기쁨이 함께 뒤섞인 듯한 기묘한 소리였다. 그레고르는 머리를 들어 아버지 쪽을 쳐다보았다. 그의 눈앞에 있는 아버지는 그레고르가 상상도 하지 못할 만큼 낯선 모습을 하고 있었다. 물론 그레고르는 최근 들어 기어 다니는 일에 정신이 팔려서 집안이 어떻게 돌아가는지 통 모르고 지냈다. 그러다 보니, 달라진 집안 사정과 맞닥뜨릴 각오를 해야 했다. 그건 그렇다 치더라도, 이 사람이 정말 내 아버지란 말인가? 예전의 아버지는 그레고르가 일찍 출장을 떠날 때면 피로에 찌들어 침대 속에서 자고 있었다. 또 저녁에 출장에서 돌아오면, 잠옷 차림으로 안락의자에 앉아 그를 맞이하는 일이 잦았다. 게다가 아버지는 잘 일어서지도 못하고, 반갑다는 표시도 오직 두 팔만을 올려 보이는 게 전부였다. 아버지는 1년에 몇 번 있는 축제일에도 가족과 함께 산책을 나가면 원래 느린 걸음을 걷는 그레고르와 어머니 사이에 끼어, 더욱더 느리게 걸었다. 그것도 낡은 외투를 걸친 채 늘 조심스럽게 지팡이에 의지해 걸었다. 또 어떤 말을 하고 싶을 때에는 걸음을 멈추고 같이 온 두 사람을 의지해 걸었다. 그런 아버지와 내가 마주하고 있는 지금 이 사람이 같은 사람이란 말인가?

아버지는 지금 단정한 자세로 꼿꼿이 서 있다. 그는 은행

수위처럼 몸에 잘 어울리는 금단추가 달린 파란색 제복을 입고 있었다. 상의 칼라 위로 두 겹으로 겹쳐진 턱살이 드러나 있었다. 검은 눈썹 아래에는 생기 있게 초롱초롱 빛나는 눈이 번쩍였다. 잘 정돈하지 않아서 헝클어졌던 백발도 매우 단정하게 빗질해서 반질반질 윤이 날 정도였다. 아버지는 모자를 방 안 침대 위로 벗어 던졌다. 모자에는 은행 이름처럼 보이는 이니셜이 금실로 수놓아져 있었다. 또 아버지는 제복의 긴 옷자락을 뒤로 젖혔다. 그러고 나서 양손을 바지 주머니 속에 푹 찔러 넣은 채, 불쾌하다는 표정을 지으면서 그레고르가 있는 쪽으로 걸어왔다. 아버지는 자신이 무엇을 해야 할지 잘 모르는 것 같았다. 아무튼 그는 성큼성큼 힘차게 걸었다. 그레고르는 아버지의 구두 바닥이 유난히 큰 것을 보고 깜짝 놀랐다. 하지만 그는 어찌해야 할지 몰랐다.

아버지는 새로운 생활이 시작되고 난 뒤부터 최대한 엄격하게 그레고르를 다루어야겠다고 생각했다. 그레고르는 그것을 당연하게 여기고 있었다. 그래서 그는 아버지가 자신에게 바싹 다가오면 도망치듯이 물러섰고, 아버지가 멈추면 그 역시 더는 움직이지 않았다. 아버지가 조금만 몸을 움직여도 그는 재빨리 도망쳤다. 이렇게 그들은 이렇다 할 소동은 내지 않으면서 방 안을 몇 번이나 빙빙 돌았다. 아버지의 동작은 느렸기 때문에 그레고르를 해치려는 것처럼 보이지는 않왔다. 그레고르는 자신이 벽이나 천장으로 도망친다면 아버지가 좋아하지 않으리라고 생각했다. 그래서 그는 그냥 마룻바닥에 가만히 있기로 했다. 아무튼 그레고르는 마룻바닥 위를 기어 다니는 것도 오래 할 수는 없었다. 왜냐하면 아버지가 자리를 옮길 때마다, 그레고르도 동시에 따라 움직여야 했기 때문이다. 아버지는 예전부터 폐가 튼튼한 편이 아니었다. 그는 늘 가슴이 답답하다고 했다. 그래서 이렇게 전력을 다해 비틀거리면서 옮겨 다니다 보니, 너무 피곤해서 눈도 제대로 뜰 수 없을 지경이 되었다.

그런 상태로는 마룻바닥 위를 기어서 도망치는 일 이외에는 새로운 방법이 떠오르지 않았다. 물론 벽을 자유롭게 기어오를 수도 있다. 하지만 그는 그런 사실마저도 거의 잊고 있었다. 게다가 벽면에는 공을 들여 조각한 가구류 때문에 군데군데 뾰족하게 튀어나온 모서리가 많았다. 바로 그때, 그의 옆으로 무언가가 날아오더니 그의 앞으로 가볍게 굴러 떨어졌다. 그것은 사과였다. 곧바로 두 번째 사과가 날아왔다. 그레고르는 놀라서 그 자리에 멈춰 버렸다. 이제 더는 기어서 도망쳐 봤자 헛수고였다. 아버지는 사과를 이용해 폭력을 행사하기로 작정했기 때문이다. 아버지는 찬장 위에 있는 사과를 꺼내서 주머니에다 가득 넣고 마룻바닥 위로 연달아 던졌다. 이 작은 사과는 마치 전기 장치로 조종되는 것처럼 마루

위를 구르고 서로 부딪치기도 했다. 살짝 던진 사과 한 개가 그레고르의 등을 스쳤지만, 별 반응은 없었다. 하지만 이어서 날아온 사과 한 개가 그레고르의 등에 정통으로 박혔다. 그 레고르는 갑자기 닥친 고통을 잠시라도 잊어버리려고, 서서 히 앞으로 기어 도망치려 했다. 하지만 곧 심한 통증을 느끼 고, 그 자리에 쓰러지고 말았다. 마지막으로 눈을 떴을 때, 그 는 자신의 방문이 열리는 것을 겨우 볼 수 있었다. 누이동생 뒤에 있던 어머니가 무슨 말인지 외치며 달려 나왔다. 그녀의 몸은 겉옷이 풀려 속옷이 거의 다 드러나 있는 상태였다. 얼 마 전에 그녀가 기절했을 때, 누이동생이 응급조치로 그녀의 옷 고리를 풀어 놓았기 때문이다. 어머니는 그런 차림새로 아 버지에게 달려갔다. 그 사이에, 풀어 놓았던 치마가 밟히면서 옷이 마룻바닥으로 흘러내렸다. 어머니는 치마에 발이 걸려 넘어지면서 아버지 쪽으로 가 안기고 말았다. 그때 그레고르 의 눈은 이미 감겨진 상태였다. 어머니는 아버지를 붙잡고서, 그레고르의 목숨을 살려 달라고 애원하면서 흐느꼈다.

그레고르를 한 달 이상 괴롭혀 온 상처에 콱 박혀 있던 그 사과를 뽑아 내 준 사람은 그 누구도 없었다. 그 사과는 이 사건을 기념하는 기념품처럼 살 속에 박혀 있었다. 아버지는 아무리 그레고르의 모습이 추하고 징그럽다고 해도 그 역시 이 가족의 소중한 구성원이라는 것, 그렇기 때문에 그를 원수처럼 대해서는 절대 안 된다는 사실을 뒤늦게 알고 뉘우쳤다. 아버지는 그에 대한 혐오스러운 감정을 가슴속에 접어 두고, 꾹 참는 것만이 가족의 의무라고 생각하기에 이르렀다.

그 후 그레고르는 상처를 입은 탓에, 자기 몸을 자유롭게 움직이는 일이 영원히 불가능할 것 같았다. 우선 방을 건너가는 것만도 병든 노인처럼 아주 오랜 시간이 걸렸다. 게다가 벽을 기어 올라가는 것은 상상도 못할 지경이 되었다. 하지만 그를 기쁘게 한 일도 있었다. 거실과 그레고르의 방을 가로막고 있던 문이 열린 것이다. 이제 그레고르는 문이 열리기 한두 시간 전부터 문을 뚫어지게 바라보는 것이 일과가 되었다. 어두운 방 안에 갇혀 있는 그의 모습은 거실에 있는 사람들의 눈에는 띄지 않았다. 하지만 반대로 그레고르가 있는 쪽에서는 가스등이 켜진 탁자에 모여 있는 가족들의 모습을 볼 수 있었다. 이제 그들이 주고받는 대화를 예전보다 훨씬 자유롭게 들을 수 있게 되었다.

출장 중에 작은 호텔방 침대 속에 지친 몸을 누였던 그 시절, 그레고르는 자기 집 거실에 모여 앉아 이야기를 나누는 식구들의 모습을 항상 그리워했다. 하지만 지금 눈앞에 있는 가족들은 옛날의 그 활기찬 모습은 아니었다. 지금은 그냥 조용하게 시간을 보낼 뿐이었다. 저녁 식사 후, 아버지는 평소처럼 안락의자에 앉은 채 잠이 들었다. 어머니는 등불 아래 바짝 몸을 내민 채, 얼마 전 가게에서 맡아 온 고급 속옷을 바느질하고 있었다. 점원이 된 누이동생은 좀 더 나은 일자리를 얻으려고 저녁에는 속기술과 프랑스어를 공부했다. 아버지는 종종 눈을 뜨고서, 어머니를 향해 잠꼬대인지 아닌지 모를 말을 전하고는 다시 잠들어 버렸다.

"오늘도…… 너무 늦게까지…… 일하는군!"

그러면 어머니와 누이동생은 서로 힘없이 미소를 주고받

곤 했다.

아버지는 집에서도 수위 제복을 벗지 않았다. 그것은 일종의 고집 같은 것이었다. 아버지에게 실내복은 필요 없었다. 그는 직장에서 상관의 명령을 기다리고 있다는 듯이, 제복을 단정히 입은 채 잠이 들었다. 어머니와 누이동생은 아버지가 소중히 여기는 제복을 더럽히지 않으려고 신경을 썼다. 하지만 그가 처음 지급받았을 때부터 새 옷은 아니었다. 그렇기 때문에 그레고르는 어머니와 누이동생이 늘 윤이 나게 닦아서 반짝반짝 빛나는 금단추와 이미 얼룩으로 더러워진 아버지의 제복 천을 바라보곤 했다. 아버지는 이 제복을 입고서 매우 불편한 모습이었지만 고요히 잠들어 있었다.

10시가 되면, 어머니는 항상 작은 목소리로 아버지를 흔들어 깨웠다. 어머니는 아버지를 침대에게 편안히 자게 하려고 애썼다. 그런 상태로 잠을 자면 불편할 뿐만 아니라, 아침 일찍 출근하려면 충분한 수면이 필요했기 때문이다. 하지만 수위가 되고 나서 고집이 세진 아버지는 거실에 오래 있기를 원했다. 그러다가 곧 잠이 들어 버리는 것이었다. 그래서 아버지를 흔들어 깨워 안락의자에서 침대까지 잠자리를 옮기는 일은 무척 힘들었다. 어머니와 누이동생이 잠을 깨우려고 몸을 흔들면 아버지는 거의 15분 정도는 눈을 감은 채 고개만 가로저을 뿐, 그 자리에서 꼼짝도 하지 않았다. 어머니는 아버지의 옷소매를 잡아당기면서 그의 귓전에 대고 뭐라고 속삭였다. 누이동생도 하던 공부를 중단하고 어머니를 거들었다. 그래도 여전히 아버지는 움직이지 않았고, 점점 깊숙이 안락의자 속에 파묻혀 버렸다. 어머니가 아버지의 겨드랑이 아래로 손을 집어넣으면, 그제야 겨우 눈을 떴다. 아버지는 어머니와 누이동생을 번갈아 보면서 입버릇처럼 이런 말을 중얼거리곤 했다.

"이게 사는 거냐? 이 모양 이 꼴이 노년에 들어서 있는 나의 휴식이다."

그리고 나서 그는 두 여인의 부축을 받으며 자신의 무거운 몸을 일으켰다. 그것은 자신의 몸이 자신에게도 무거운 짐처럼 느껴진다는 듯한 모습이었다. 아버지는 어머니와 누이동생을 따라 문 앞까지 갔다. 어머니는 바느질 도구를 챙기고, 누이동생은 펜을 치웠다. 그리고 나서 그녀들은 아버지를 거들기 위해 잠자리를 돌봐 주었다.

가족 모두가 일에 지쳐 피곤한 탓에, 아무도 그레고르를 보살펴 줄 수가 없었다. 집안 살림은 나날이 쪼들렸다. 결국 하녀도 내보내게 되었다. 그 대신 몸집이 크고 백발이 흩날리는 늙은 여인이 아침저녁으로 방문해, 가장 힘든 일만 해 주고 갈 뿐이었다. 어머니가 바느질이나 허드렛일을 했다. 심지어 어머니는 모임이나 축제 때 화려하게 치장하던 장식품 같은 것까지 팔았다. 그레고르는 저녁에 가족들이 모두 모여 그것들을 얼마를 받고 팔면 될까 하고 의논하는 것을 엿듣고 서 비로소 알게 되었다. 하지만 가장 큰 문제는 늘 집 문제였다. 현재로서는 이 집이 너무 커서 이사해야 하는데, 그레고르를 어떻게 옮겨야 할지 모르기 때문에 엄두가 나지 않았다. 하지만 그레고르는 자기 때문에 이사가 힘든 것만은 아니라는 사실을 잘 알고 있었다. 알맞은 상자에 그저 숨만 잘 쉴 수 있게 해 놓으면 그레고르 정도는 문제없이 운반할 수 있다. 오히려 이사를 방해하는 진짜 이유는 절대적인 절망감이었다. 또 친척들이나 친구들 가운데 그 누구도 당해 보지 않아온 불행을 겪고 있다는 일종의 피해의식 같은 것이었다. 그의 가족들은 세상이 가난한 사람들에게 보내는 갖가지 어려움을 이미 충분히 경험하고 있었다.

아버지는 은행의 말단 직원들을 위해 아침 식사를 날라 주는 일도 해냈다. 어머니는 남의 속옷을 꿰매는 일을 하느라 자신을 희생했다. 누이동생은 고객의 기호에 따라 판매 진열장 뒤에서 바쁘게 뛰어 다녔다. 하지만 그들은 이미 모두 다 지쳐 있었다.

어머니와 누이동생은 아버지의 잠자리를 돌봐 주고 나서 다시 거실로 돌아왔다. 그녀들은 하던 일을 그만 두고, 서로 볼이 맞닿을 정도로 바짝 다가가 앉았다. 어머니는 그레고르의 방을 가리키며, 누이동생에게 말했다.

"그레테야, 저 문을 이제 좀 닫아라."

그레고르는 또다시 어둠 속에 홀로 남았다. 두 여인은 거실에서 소리 없이 눈물을 훔쳤다. 그리고 거실의 탁자만을 응시했다. 그러면 그레고르의 등에 난 상처는 방금 입은 상처인 것처럼 다시 아파 왔다.

그레고르는 밤낮을 뜬눈으로 지새웠다. 그는 종종 이번에 방문이 열리면 예전처럼 집안 살림을 자신이 도맡아 하겠다고 다짐했다. 그레고르의 머릿속에는 오랫동안 보지 못한 회사 사장이나 지배인, 사원, 견습 사원들이 떠올랐다. 또 머리가 매우 아둔한 급사, 다른 장사를 하고 있는 두세 명의 친구들이 떠올랐다. 그리고 어느 시골 호텔에서 일하는 하녀, 그립고 즐거운 추억들, 진지하게 사귀었지만 너무 늦게 구혼했던 어느 모자 가게의 회계원 처녀도 문득 떠올랐다. 이런 사람들의 모습이 낯선 사람이나 이미 잊힌 사람들 사이에서 뒤죽박죽이 되어 떠올랐다. 하지만 이런 사람들은 자신과 가족들을 도와주기에는 너무 멀리 있는 사람들이었다. 그래서 그레고르는 그들의 모습이 머릿속에서 사라지자 오히려 기분이 좋아졌다. 그런가 하면 가족에 대한 걱정 따위는 전혀 하고 싶지 않을 때도 있었다. 그럴 때면 자신에 대한 학대에 화가 치밀 뿐이었다.

어떤 음식을 먹으면 식욕이 생길는지 자신도 전혀 알 수 없었다. 또 배가 고프지는 않았지만 부엌에 가서 입맛에 맞는 몇 가지를 가져올 계획을 세워 보았다. 요즘 들어 누이동생도 그레고르가 무엇을 원하는지 생각도 해 보지 않고, 아침이나 점심때 가게에 가기 전에 아무거나 챙겨서 그냥 발끝으로 그의 방에 쏙 내밀곤 했다. 또 저녁때는 그가 음식에 손을 댔건 안 댔건 간에 잘 살펴보지도 않고 비로 쓸어가 버리는 것이었다. 이런 일은 매우 자주 반복되었다. 누이동생은 항상 해 오던 방 청소도 이제 대충대충 했다. 사방 벽을 따라 더러운 줄이 남아 있었고, 갖가지 먼지와 오물이 여기저기에 흩어져 있었다.

처음에는 누이동생이 방에 들어올 때, 어느 정도 눈치를 주려고 일부러 더러운 곳에 가 있기도 했다. 하지만 그가 아무리 오랫동안 거기에 웅크리고 앉아 있어도 누이동생을 변화시키기는 힘들었다. 누이동생은 그레고르처럼 분명히 더러운 쓰레기를 발견했을 것이다. 하지만 그녀는 마치 쓰레기를 그대로 방치해 두고 싶어 하는 사람처럼 보였다. 오히려 다른 사람이 그레고르의 방 청소에 관한 자신의 특권을 침해할까 봐, 온 신경을 바짝 곤두세웠다.

어머니는 언젠가 서너 통의 물로 그레고르의 방을 대청소한 적이 있었다. 그때 방은 온통 물바다가 되어 습기가 많아

저서 그레고르의 마음을 몹시 상하게 했다. 그레고르는 화가 나서 소파 위에서 꼼짝도 하지 않고 있었다. 결국 그날 저녁에 어머니에게 벼락이 떨어졌다. 저녁에 돌아온 누이동생이 그레고르의 방 상태를 확인하고 나서 몹시 화를 낸 것이었다. 그녀는 어머니에게 달려갔다. 어머니는 누이동생에게 애원했지만, 그녀는 어머니에게 눈을 흘기며 돌아서서 울음을 터뜨리고 말았다.

누이동생의 울음소리에 놀란 아버지는 안락의자에서 벌떡 일어났다. 그녀의 태도에 놀란 부모님은 아무 말도 하지 않고 멍하니 바라볼 수밖에 없었다. 하지만 뒤늦게 사정을 알아채고 나서, 아버지는 왜 그레고르의 방 청소를 딸아이에게 맡기지 않았느냐고 어머니를 꾸짖었다. 또 아버지는 그레테에게 앞으로 다시는 어머니가 그레고르의 방 청소를 하지 못하도록 하겠다고 소리쳤다. 이에 당황한 어머니는 흥분해서 어쩔 줄 몰라 하는 아버지를 진정시키려 했다. 그레테는 경련을 일으키며 몹시 흐느껴 울다가, 주먹으로 탁자를 마구 두드려 댔다. 만일 방문이 닫혀 있었더라면 그레고르는 이 장면을 보지 않아도 되고, 이 소란을 듣지 않아도 되었을 것이다. 하지만 그 누구도 방문을 닫아 주는 데는 신경을 쓰지 않았다.

그레고르는 너무 흥분해서 큰 소리로 '쉿' 하고 소리를 냈다. 하지만 아무리 누이동생이 낮 근무에 시달리는 바람에 그레그르를 돌보는 일에 싫증을 내고 있다 해도, 어머니가 딸 대신에 애쓸 필요는 없었다. 왜냐하면 고용된 늙은 할멈이 있었기 때문이다. 평생 온갖 힘든 일을 겪어 온 이 할멈은 처음부터 그레고르를 전혀 두려워하지 않았다. 그녀는 어느 때인가 우연히 그레고르의 방문을 열어 본 적이 있었다. 그건 단순히 호기심 때문은 아니었다.

무척이나 놀란 그레고르는 누구에게 쫓기는 것도 아니면서 매우 당황해 이리저리 피해 다녔다. 그러자 그 할멈은 양손을 아랫배 위에 대고 깍지를 낀 채 그레고르의 모습을 무척 놀란 얼굴로 바라보았다. 그 후, 그녀는 시간만 나면 아침저녁으로 문을 열고 몰래 그레고르를 들여다보곤 했다. 처음에 할멈은 정다운 말을 건네듯이 그레고르를 자기가 있는 곳으로 불렀다.

"이리 오렴. 말똥벌레야."

"어머! 이 늙은 말똥벌레 좀 보게."

하지만 그레고르는 아무런 대답도 하지 않았다. 문이 열린 것을 모른 체하며 꼼짝도 하지 않고 누워 있었다. 할멈에게 괴롭힘을 당하느니 차라리 할멈이 매일 방 청소나 해 주었으면 좋겠다고 말하고 싶었다. 어느 날 아침이었다. 비가 요란하게 유리창에 부딪쳤는데, 이것도 봄이 오는 것을 알리는 신호였던 것 같았다. 또다시 할멈이 방문을 열고 그레고르를 놀리기 시작했다. 그레고르는 화가 치밀어, 힘은 달렸지만 덤 벼들기라도 할 듯한 자세로 할멈을 향해 몸을 돌렸다. 하지만 할멈은 무서워하기는커녕 문 옆에 있던 의자를 높이 쳐들었 다. 입을 크게 벌리고 선 그 모습은 손에 든 의자로 당장 그레 고르의 등을 내리칠 것처럼 보였다.

"덤벼라, 이놈아!"

그녀는 그레고르가 제자리로 돌아가는 것을 보며 말했다. 그러고 나서 의자를 조용히 구석에 내려놓았다.

최근 들어, 그레고르는 거의 아무것도 먹지 않았다. 종 종 넣어 준 음식물 옆을 지나칠 때면 장난삼아 조금 먹어 보 거나, 몇 시간씩 입에 머금고 있다가 대개 나중에 뱉어 버리 곤 했다. 처음에는 이처럼 아무것도 먹을 수 없는 까닭이 방 안 환경이 너무 바뀌었기 때문이라고 생각했다. 하지만 실제 로 그는 몇 번이나 변한 환경에 익숙해져 있었다. 또 가족들 은 달리 둘 곳이 마땅치 않은 갖가지 물건들을 이 방에다 넣 어 두는 이상한 습관이 생겼다. 그러한 물건들은 꽤 많았다. 왜냐하면 방 하나를 비워 하숙을 쳤기 때문이다. 어느 때인가 그레고르가 문틈으로 보니까 세 사람 모두 얼굴에 수염을 기 르고 있었다. 하숙인들은 겉으로는 점잖아 보였지만 지나칠 정도로 질서와 청결을 중요시했다. 그들은 어찌 되었든 이 집 안사람이 된 이상 자신들의 방뿐만 아니라 이 집 전체, 특히 부엌이 깨끗해야 한다고 참견했다. 그들은 필요 없는 물건이나 더러워진 잡동사니들에 대해 조금도 양보하지 않았다. 재를 치우는 상자나 부엌에서 쓰던 쓰레기통까지 그레고르의 방으로 옮겼다.

할멈은 당장 필요하지 않은 물건들이 눈에 띄기가 무섭게 그레고르의 방으로 집어넣었다. 다행히 그레고르의 눈에는 날라 오는 물건과 그 물건을 들고 있는 할멈의 손 이외의 것은 아무것도 보이지 않았다. 할멈은 기회를 엿보아 그 물건들을 되찾으러 오거나, 전부 모아 두었다가 한꺼번에 내다 버릴 생각을 하고 있었다. 하지만 모든 물건은 처음 던져두었던 그 상태로 방치되어 있었다. 그레고르는 이런 물건들 때문에 자유롭게 돌아다닐 수가 없었다. 자유롭게 움직일 통로가 없었기 때문에, 그는 하는 수 없이 그것들을 옆으로 치워 버렸다. 그런 일을 하고 나면, 너무 피곤하고 우울해져서 몇 시간 동안 꼼짝도 하지 못했다. 하지만 그는 잡동사니를 옮기는 일에 조금씩 흥미를 느끼기 시작했다.

신사적인 하숙인들은 가끔 한자리에 모여 저녁 식사를 하곤 했다. 그럴 때면 그들은 항상 문을 닫았다. 하지만 그레고르는 이런 일에 별다른 신경을 쓰지 않았다. 그레고르는 문이 열려 있던 날 밤에도 그것을 이용하지 않았다. 그는 가족들의 눈에 띌까 봐 자기 방에서 가장 어두운 구석에 엎드려 지냈다. 그러던 어느 날, 할멈은 거실 문을 약간 열어 놓은 채 내버려둔 일이 있었다. 저녁이 되자, 하숙인들이 거실로 들어와서 불을 켰다. 그때도 문은 열린 채로 있었다. 하숙인들은 탁자 윗자리에 자리를 잡고 앉았다. 그 자리는 예전에 부모님과 그레고르가 앉았던 자리였다. 그들은 냅킨을 펼치고 나이프와 포크를 손에 들었다. 그러자 얼마 뒤에 어머니가 고기를 담은 큰 접시를 들고 문 앞에 나타났다. 이어서 누이동생이 감자를 담은 그릇을 들고 나타났다. 음식에서는 김이 무럭무럭 올라오고, 맛있는 냄새가 진하게 풍겼다. 하숙생들은 음식을 먹으려고 몸을 잔뜩 구부렸다. 세 사람 중에서 가운데 앉은 사내가 큰 접시에 담긴 고기를 한 조각씩 잘라 냈다. 고기가 연한지 아닌지 알아보고 주방으로 다시 보내야 할까 말까를 시험이라도 하듯이, 아주 정교하게 검사했다. 그는 매우 만족해했다. 그제야 그들을 긴장된 표정으로 지켜보던 어머니와 누이동생은 안도의 숨을 내쉬면서 미소를 지었다.

가족들은 부엌에서 식사했다. 하지만 아버지는 부엌으로 가기 전에 거실에 들러 모자를 벗어 손에 들고, 간단히 목례한 뒤에 탁자 주위를 한 바퀴 돌아보았다. 하숙인들은 모두 다 일어나서, 무슨 말인지 모를 말을 중얼거렸다. 하지만 자기들만 남게 되자 거의 아무 말도 하지 않은 채 식사했다. 그레고르는 식사하는 그들의 모습을 바라보았다. 그는 이상한 소리를 들었는데, 그것은 식사 중에 음식을 씹는 아작아작 하는 소리였다. 그 소리는 마치 음식을 먹는 데는 이빨이 필요하며 아무리 훌륭한 턱을 가졌더라도 이빨이 없으면 아무것도 아니라는 사실을 그레고르에게 일깨워 주려는 것 같았다.

그레고르는 홀로 중얼거렸다.

"나도 뭔가를 먹고 싶어. 하지만 저런 음식은 싫어. 저들은 곧잘 먹어 치우고는 있지만, 저런 음식을 먹다가는 죽기에 딱 좋겠어."

바로 그날 저녁에 주방 쪽에서 바이올린 소리가 들려 왔다. 그레고르는 변신한 뒤로 바이올린 소리를 한 번도 들은 적이 없었다. 하숙인들은 이미 식사를 마치고, 가운데 있는 사람이 신문을 꺼내어 다른 두 사람에게 넘겨주었다. 그들은 의자에 기대어 조용히 신문을 읽으면서 담배를 피웠다. 그때 바이올린 소리가 들렸다. 그러자 세 사람은 놀란 표정을 하고 의자에서 일어났다. 그들은 긴장한 듯한 몸짓으로 살금살금 현관 쪽으로 걸어가서 부엌 문 앞에 모였다. 아버지는 부엌에서 들려오는 발소리를 알아차리고 나서 입을 열었다.

"여러분, 바이올린 소리가 시끄럽지 않으십니까? 그렇다면 당장 그만두게 하겠습니다."

"천만에요."

가운데에 앉아 있던 대장 격의 사내가 대답했다.

"따님이 괜찮으시다면 거실로 나와서 연주하시면 어떨까요? 그게 훨씬 돋보이고 유쾌할 것 같은데요?"

"그렇게 합시다!"

아버지는 자신이 바이올린을 연주한 사람인 듯이 말했다. 하숙인들은 거실로 돌아와서 기다렸다. 곧 아버지는 악보대, 어머니는 악보, 누이동생은 바이올린을 각각 들고 동시에 거실에 나타났다. 누이동생은 아주 침착하게 연주 준비를 마쳤다. 부모님은 지금껏 하숙을 친 적이 없었기 때문에, 지나칠 정도로 하숙인들에게 예의를 갖추고 있었다. 그래서 자신들은 의자에 앉으려고도 하지 않았다. 아버지는 문에 몸을 기대고 서서 제복의 단추들 사이에 오른손을 찔러 넣었다. 하지만 어머니는 하숙인 한 사람이 권한 의자 자리에 앉았다. 그 자리는 방구석이었지만 어머니는 그대로 앉았다.

누이동생은 바이올린을 연주하기 시작했다. 아버지와 어머니는 각자 앉은 자리에서 딸이 연주하는 솜씨를 주의 깊게 지켜보았다. 그레고르는 연주 소리에 이끌려 자기도 모르는 사이에 이미 머리를 거실 안으로 내밀고 있었다. 그는 요즘 타인에게 거의 무관심한 상태로 지냈다. 그런 사실을 의아하게 생각하지도 않았다. 예전에는 타인의 일에 관심을 많이 기울였고, 그런 자신을 자랑스럽게 생각했다. 그런데 지금 이 순간에는 남의 눈을 의식해야 할 이유가 예전보다 더 많았다.

지금 그의 방 안은 먼지가 여기저기에 잔뜩 쌓여 있었기 때문에 조금만 움직여도 먼지가 풀썩풀썩 일어났다. 그래서 그의 몸뚱어리는 완전히 먼지를 흠뻑 뒤집어쓰고 있는 상태였다. 그는 실밥, 머리카락, 음식 찌꺼기 같은 너절한 것들을 등과 옆구리에 잔뜩 붙인 채 기어 다녔다. 그는 예전 같으면 몇 차례씩 등을 아래로 하고 누워서 바닥에다 몸을 문질러 대곤 했다. 하지만 모든 일에 무관심해진 후에는 그렇게 할 의욕마저 잃어버리고 말았다. 그레고르는 이렇게 먼지를 뒤집어 쓴 상태로 아주 깔끔한 거실바닥으로 기어 나오면서도 아무 거리낌이 없었다.

물론 그에게 관심을 가져 주는 사람은 단 한 사람도 없었다. 가족들은 바이올린 연주에 온 정신을 다 빼앗겼다. 하숙인들은 손을 바지 주머니 속에 푹 찔러 넣고서, 악보대 바로 뒤에 자리를 잡고 있었다. 세 사람은 악보를 들여다볼 수 있는 자리에 있었던 탓에 누이동생의 연주에 방해가 되었다. 하지만 그들은 머리를 숙이고 나지막한 목소리로 속삭이고 나서 창가로 물러갔다. 아버지는 불안한 시선으로 그들을 바라보며 서 있었다. 그들은 훌륭하고 흥미로운 바이올린 연주를 들을 수 있을 것으로 기대했다. 하지만 그것도 그만 싫증난 모양이었다. 인사치레로 마지못해 듣고 있는 게 분명했다. 특히 담배 연기를 코와 입으로 내뿜는 것으로 보아, 그들이 무척이나 초조해하고 있음을 잘 알 수 있었다. 누이동생은 아름다운 연주에 줄곧 몰두했다. 그녀의 고개는 한쪽으로 기울어 있었고, 눈은 무언가 감상에 젖은 듯한 슬픈 표정으로 악보를 훑어 내려가고 있었다.

그레고르는 조금 더 바짝 앞으로 기어갔다. 될 수 있는 한 누이동생과 시선을 잘 마주치기 위해 마룻바닥에 딱 붙어 버릴 정도로 낮게 몸을 숙였다. 이처럼 음악 소리에 큰 감동을 느끼고 있는데도 나를 동물이라고 할 수 있단 말인가? 그레고르는 그가 바라던 마음의 양식을 얻는 길이 펼쳐지고 있는 것만 같았다. 그는 누이동생 곁에 가서 그녀의 치맛자락을 끌어당겨 그녀가 자기 방에서 바이올린을 연주해 주기를 바란다는 것을 알리고 싶었다. 하지만 하숙생 중에는 누이동생의 연주를 그레고르만큼 칭찬할 사람은 아무도 없는 것 같았다. 맞다. 만일 그렇게만 된다면 그가 살아 있는 동안에는 누이동생을 그의 방 밖으로 다시는 내보내지 않으리라. 그의 흉측한 몰골이 그때 처음으로 도움이 될 것이다. 모든 방문을 지켜 서서 침입자에게 덤벼들 것이다. 하지만 누이동생을 강제로 방에 붙잡아 두어서는 안 된다. 누이동생의 자유로운 의지가 아니라면 안 된다. 누이동생과 나란히 소파에 앉아 그녀의 머리를 내 쪽으로 기울이도록 해야지. 또 음악 학교에 보낼 굳은 결심을 하고 있었노라고 누이동생에게 말해 주자! 만일

이 불행한 사태가 발생하지 않았더라면 크리스마스 때, 어떤 반대를 무릅쓰더라도 가족 앞에서 이 계획을 발표할 작정이었다고 말할 것이다. 물론 크리스마스는 이미 지나 버렸겠지만 말이다. 이런 이야기를 하면, 누이동생은 분명히 감격해서 눈물을 흘릴 게 뻔하다. 그러면 누이동생의 어깨까지 기어 올라가 그녀의 목에 입을 맞추어 주리라. 누이동생은 직장에 나가면서부터 리본도 칼라도 없이 목을 드러내 놓고 다녔다.

"잠자 씨!"

갑자기 대장 격인 사내가 아버지를 향해 소리쳤다. 그러더니 더는 아무 말도 하지 못한 채 손가락으로 천천히 앞으로 기어 나오고 있는 그레고르를 가리켰다. 그때 누이동생의 바이올린 연주 소리가 멈추었다. 그는 머리를 옆으로 가로저으며 다른 친구들에게 미소를 던지더니 다시 그레고르를 바라보았다.

아버지는 그레고르를 쫓아내는 일보다 하숙인들을 진정시키는 것이 더 중요하다고 생각하는 것 같았다. 하지만 하숙인들은 흥분하기는커녕 오히려 바이올린 연주보다 그레고르에게 더 흥미를 느끼는 것 같았다. 아버지는 그들이 있는 쪽으로 다가갔다. 그리고 나서 아버지는 양팔을 크게 벌리고, 그들을 그들의 방으로 돌려보내려고 했다. 또 자기 몸으로 그레고르가 보이지 않도록 가리려고 했다. 그러자 하숙인들은 조금씩 화를 내는 것 같았다.

그들이 아버지의 태도에 화를 내는 건지 아니면 그레고르 같은 존재가 바로 옆방에 있으리라고 생각하지도 못했는데, 그제야 알게 되어 화를 낸 것인지 도저히 알 수가 없었다. 하숙인들은 아버지에게 해명을 요구했다. 또 그들은 팔을 쳐들고 나서, 불안한 표정을 지으며 수염을 만지작거리기도 했다. 그들은 곧 자기들의 방으로 천천히 물러가 버렸다. 그러는 사이에 누이동생은 연주를 중단하고, 잠시 넋이 나간 표정으로 가만히 서 있었다. 누이동생은 곧 정신을 차리고, 축 늘어뜨린 두 손에 바이올린과 활을 들고 연주를 계속하려는 듯이 악보를 들여다보았다. 그러고 나서 갑자기 몸을 일으켰다. 그녀는 숨이 막히는 듯이 가슴을 들먹거리더니, 그대로 앉아 있던 어머니의 무릎 위에 악기를 내려놓고는, 앞질러 하숙인들의 방으로 달려갔다. 하숙인들은 아버지에게 쫓겨 자기들의 방으로 급히 들어가고 있었다. 누이동생은 익숙한 솜씨로 침대에 있던 베개와 이불을 펼치더니, 잠자리를 순식간에 정리했다. 그녀는 하숙인들이 방 안으로 들어오기 전에 이미 침대 정돈을 끝내고, 그 방을 빠져 나왔다. 아버지는 또다시 자기 고집에 사로잡혀, 하숙인들에게 베풀었던 친절조차 잊어버린 듯했다. 그는 오로지 세 사람을 밀어내고만 있었다. 결국 방문에 다다랐을 때, 대장 격인 남자가 '쾅' 하고 발을 굴렸다. 이 때문에 아버지는 그만 그 자리에 멈추어 섰다.

"지금 이 자리에서 선언해 두지만……."

그는 한쪽 손을 쳐들고 어머니와 누이동생의 모습을 힐끗 보고 나서 말했다.

"나는 이 집과 당신 가족들을 지배하고 있는 이 불쾌한 상태를 고려해서……."

그는 순간적으로 무슨 결심이라도 한 듯 단호하게 마룻바닥에 침을 뱉었다.

"이 방을 해약하겠소. 물론 지금까지의 하숙비도 절대로 지불할 수 없소. 그 대신 나는 앞으로, 극히 타당한 이유의 손해 배상 청구를 당신들에게 제기할 것인지 아닌지의 여부를 고려할 것이오."

그는 입을 다물고 마치 무엇인가를 기대하는 것처럼 앞쪽을 똑바로 바라보았다. 그의 두 친구도 입을 열었다.

"우리도 이 자리에서 해약하겠소."

대장 격인 사내가 문의 손잡이를 쥐고 냉정한 태도로 문을 닫았다.

아버지는 손을 더듬고 몸을 비틀거리면서 간신히 자기 의자로 돌아온 다음, 그만 쓰러지듯이 주저앉고 말았다. 언뜻 보면, 평소에 그랬듯이 저녁잠을 자는 것처럼 보였다. 하지만 불안정하게 머리를 끄덕거리는 것으로 보아, 결코 잠을 자는 게 아니라는 것을 알 수 있었다. 그레고르는 하숙인들이 자기를 발견한 바로 그 자리에서 조용히 몸을 웅크렸다. 그는 그의 계획이 실패한 것에 대한 실망감과 오랫동안 굶주려 허기가 진 탓에 몸을 움직일 수조차 없었다. 그는 당장 그의 몸에 닥쳐올 무자비하고 몰인정한 상황에 대해 두려움을 느끼면서도 그 순간을 기다리고 있었다. 바로 그때, 어머니의 손이 떨리더니 무릎에서 바이올린이 미끄러져 바닥으로 떨어지면서 큰 소리가 났다. 하지만 그레고르는 조금도 놀라지 않았다.

"어머니…… 아버지!"

누이동생은 이야기를 시작하기 전에 손으로 탁자를 두드렸다.

"이제 더는 이렇게 살 수 없어요. 두 분은 깨닫지 못하고 계실지 모르지만 저는 잘 알아요. 저는 이제 이 괴물을 오빠라고 부르고 싶지 않네요. 그러니까 제가 말씀드리고자 하는 것은, 우리가 저것에서 벗어날 계획을 세워야 한다는 거예요. 우리는 저걸 먹여 살리면서 참고 견뎌 냈고, 인간으로서 할 수 있는 만큼은 다했잖아요. 우리를 비난할 사람은 아무도 없어요."

"그래, 네 말이 다 옳다."

아버지는 혼잣말처럼 중얼거렸다. 아직 완전히 숨이 가라앉지 않은 어머니는 넋이 나간 듯한 시선으로, 숨이 가빠 오는지 입에 손을 대고 기침했다.

누이동생은 어머니에게 달려가서 이마를 짚어 주었다. 아버지는 누이동생의 이야기를 듣고 무언가 결심이라도 하는 듯했다. 아버지는 똑바로 의자에 앉아서 하숙인들이 식사한 뒤에 아직 식탁 위에 놓여 있는 접시들 사이에서 자신의 모자를 만지작거렸다. 또 꼼짝하지 않고 가만히 누워 있는 그레고르를 종종 쳐다보았다.

"우리는 저것을 없애 버려야 해요."

누이동생은 아버지에게 강한 어조로 말했다. 어머니는 기침 때문에 아무 말도 알아듣지 못했다.

"저것은 아버지와 어머니를 돌아가시게 만들 거예요. 왠지 자꾸 그런 생각이 들어요. 이렇게 모두 고생하면서 일해야 하는 처지에 저런 엄청난 골칫거리를 집 안에 놓고 참을 수 있겠어요? 저는 이제 더는 참을 수가 없어요."

누이동생은 이렇게 말하고 나서 금방 울음을 터뜨렸다. 그러자 어머니의 눈에서도 눈물이 흘러내렸다. 그것을 본 누이동생은 거의 기계적으로 손을 움직여 어머니의 얼굴에서 눈물을 닦아 냈다.

"얘야."

아버지는 정답게 동정하는 듯한 표정을 지으며 말했다.

"그럼 우리가 어떻게 하면 좋겠니?"

누이동생은 구체적으로 계획이 있던 것은 아니라는 듯이 그저 어깨를 들썩였다. 그녀는 울면서 단호했던 마음이 다소 누그러졌다. 그녀는 오히려 어떻게 해야 할지 망설이는 듯한 태도를 보였다.

"저놈이 우리가 하는 말을 알아듣기라도 한다면……."

아버지는 반쯤 묻는 듯한 말투로 말했다. 누이동생은 울면서 그런 일은 생각하지도 말라는 듯이 격렬히 한쪽 손을 자꾸만 내저었다.

"저 녀석이 우리의 마음을 조금이라도 알아준다면……."

아버지는 같은 말을 되풀이했다. 그러고 나서 그런 일은 있을 수도 없다는 누이동생의 확신을 긍정하는 듯이 두 눈을 질끈 감아 버렸다.

"그렇다면 저 녀석과 의논할 수도 있을 텐데……. 하지만 이 꼴이라니."

"내쫓아 버려요."

누이동생이 말했다.

"그러는 수밖에 다른 방법이 없어요. 저것이 그레고르 오빠라는 생각은 이제 버리셔야 해요. 우리가 지금까지 그렇게 믿어 온 게 우리의 불행을 초래한 거였어요. 어떻게 저것이 그레고르 오빠란 말이에요? 만일 저것이 정말로 그레고르였다면, 사람이 자기와 같은 짐승과 함께 살 수 없다는 것을 이미 알아차리고, 틀림없이 스스로 나가 버렸을 거예요. 그러면 오빠는 없어졌어도 우리는 어떻게든지 살아남을 수 있잖아요. 언제까지나 오빠를 존경하고, 오빠에 대한 추억을 소중히 간직하며 그렇게 잘 지낼 수 있었을 거예요. 하지만 저 짐승은 우리를 희롱하고, 하숙인들을 내쫓고, 이 집 전체를 점령했어요. 언젠가는 우리를 길거리로 내몰아 버릴 거예요. 저것 좀 보세요, 아버지!"

누이동생은 갑자기 소리를 질렀다.

"또 장난을 시작했어요!"

누이동생은 그레고르에 대한 알 수 없는 공포에 사로잡혀 어머니가 앉아 있는 의자로부터 멀리 떨어졌다. 누이동생은 그레고르 옆에서 자신이 희생되느니 어머니를 희생시키는 편이 낫다는 듯이, 어머니의 의자 뒤에서 아버지의 등 뒤로 도망쳤다. 아버지는 누이동생의 움직임에 흥분한 듯, 같이 일어서서 누이동생을 보호하려는 것처럼 두 팔을 앞으로 쳐들었다.

그레고르는 누이동생은 물론 그 누구에게도 공포심을 일으킬 생각은 전혀 없었다. 다만, 그는 자기 방으로 돌아가기 위해 몸을 돌리려 했던 것뿐이었다. 그의 비참한 현재의 상태로는 몸을 조금만 돌리려 해도 머리의 힘을 빌려야 했다. 그래서 여러 번 머리를 쳐들었다가 마룻바닥에 내리쳤다. 이런 기괴한 동작은 그들을 놀라게 했다. 그는 동작을 멈추고 주위를 둘러보았다. 그들은 그가 악의가 없다는 것을 알아차린 것 같았다. 그들의 놀라움은 순간적인 것이었으며, 식구들은 모두 입을 다문 채 슬픈 표정으로 그레고르를 바라보았다. 어머니는 의자에 앉아 두 다리를 모아 앞으로 쭉 뻗었다. 누이동생은 한쪽 팔로 아버지의 목을 껴안고 있었다.

'자, 이젠 다시 방향을 돌려도 상관없겠지.'

그레고르는 이렇게 생각하고 나서 다시 방향을 돌리기 시작했다. 그는 그 일에 지쳐 숨을 돌리며 간혹 쉬기도 했다. 아무도 그를 괴롭히는 사람은 없었다. 그가 하는 대로 모든 것을 내버려두었다. 그는 방향을 돌려 자기의 방으로 기어가기 시작했다.

그는 자기 방까지의 거리가 그렇게 멀게 느껴지는 것에 대해서 놀랐다. 도대체 어떻게 쇠약한 몸을 끌고 이처럼 먼 거리를 기어 나올 수 있었는지 신기해하지 않을 수 없었다. 빨리 기어가야 한다고 생각했기 때문에, 그는 가족들의 말소리나 한마디의 외침도 전혀 그를 방해하지 않았다는 사실을 의식하지 못했다. 그는 거의 문 앞까지 와서야 비로소 뒤를 돌아보았다. 하지만 목이 말을 잘 듣지 않았다. 목이 굳어져 가는 것만 같았다. 그래도 자신의 뒤쪽에서는 여전히 달라진 것이 없었다. 다만, 누이동생이 서 있는 것이 보였다. 그때 그레고르의 마지막 시선이 어머니를 스쳤다. 이미 어머니는 잠들어 있었다.

그가 방 안으로 들어서자마자, 사납고 재빠르게 문이 닫히더니 굳게 빗장까지 걸렸다. 그러한 갑작스러운 소란 때문에, 그레고르는 무척 놀라 다리가 휘청거릴 정도였다. 이렇게 성급히 굴어 댄 사람은 바로 누이동생이었다. 그녀는 미리 일어나서 기다리고 있다가 그레고르가 방 안으로 들어가자마자 번개같이 달려 나왔던 것이다. 그레고르는 누이동생의 발자국 소리를 전혀 감지하지 못했다.

"이제 됐어요. 끝났어요!"

누이동생은 열쇠를 잠가 돌리며 부모님을 향해 외쳤다.

'자, 이제 어떻게 할 것인가?'

그레고르는 스스로에게 물으면서, 어둠 속에서 주위를 둘러보았다. 그는 자신이 더는 움직일 수 없게 되었음을 알았다. 하지만 그는 별로 이상하게 생각하지도 않았다. 오히려 이처럼 가느다란 다리로 기어 다닐 수 있었다는 것을 신기해할 정도였다. 한편으로는 어느 정도의 쾌감까지 느껴졌다. 물론 온몸이 아프기는 했다. 하지만 그것도 곧 가라앉았고, 결국 그 통증이 완전히 사라질 것 같았다.

등에 박힌 썩은 사과며, 부드러운 먼지에 뒤덮인 그 주위의 염증도 이미 잘 느껴지지 않았다. 그는 애정과 연민을 갖고 가족들을 돌이켜 생각해 보았다. 자신이 사라져야 한다는 생각은 누이동생보다 오히려 자기 자신이 더욱더 절실하게 여길 일이었다. 그레고르는 교회의 종소리가 새벽 3시를 알릴 때까지, 이처럼 허전하면서도 편안한 명상에 잠겨 있었다. 창밖의 세상이 훤히 밝아 오는 게 느껴졌다. 문득 그의 머리가 자신도 모르게 아래로 푹 수그러졌다. 그리고 그의 콧구멍에서는 가느다란 마지막 숨소리가 새어 나왔다.

　아침 일찍 할멈이 왔다. 그녀는 여느 때처럼 잠깐 그레고르의 방을 들여다보았지만, 처음에는 별다른 점을 발견하지 못했다. 제발 그런 짓만은 하지 말라고 여러 차례 좋게 타일렀지만 할멈은 문이란 문은 쾅쾅 때려 부술 듯이 성급하게 힘껏 여닫았다. 그래서 할멈이 오면 집안 식구들은 더는 편안하게 잠들 수 없었다. 할멈은 그레고르가 기분이 좋지 않아 일부러 꼼짝도 하지 않고 누워 있다고 생각했다. 할멈은 그레고르가 예전부터 모든 것을 다 이해하고 있다고 생각했다. 그녀는 문 밖에서 손에 들고 있던 긴 빗자루로 그를 간지럽게 하려고도 했다. 그래도 그가 아무런 반응을 보이지 않자, 그녀는 화를 내며 그레고르의 몸을 안으로 쑥 밀어 보았다.

　그레고르가 아무런 저항도 하지 않자, 할멈은 눈을 휘둥그렇게 뜨고 자신도 모르게 휘파람을 불었다. 할멈은 주저하지

않고, 잠자 부부의 침실 문을 즉시 열어젖혔다. 그러고 나서
어둠 속을 향해 큰 소리로 외쳤다.

"저리 좀 가 봐요. 저것이 뻗었어요. 저기 뻗어서 그냥 널
브러져 있어요!"

잠자 부부는 침대에서 벌떡 일어났다. 할멈이 무슨 말을
하는지 이해하려 들기는커녕, 할멈 앞에서 당황해하는 자기
들의 모습이 드러나는 것을 더욱 불쾌하게 여겼다. 하지만 그
들은 상황을 알아차리자마자 기겁하며 각자의 침대 좌우로
내려왔다. 잠자 씨는 어깨에 담요를 둘렀고, 잠자 씨의 부인
은 잠옷 차림 그대로 그레고르의 방으로 들어갔다. 그러는 사
이, 거실 문도 열렸다.

하숙인이 들어온 후, 그레테는 거실에서 잤다. 그레테는
잠을 하나도 자지 않은 것처럼 단정하게 완전한 옷차림을 하
고 있었다. 무엇보다 그녀의 창백한 얼굴이 그러한 사실을 증
명해 주는 것만 같았다.

"정말로 죽었어요?"

잠자 부인은 믿을 수 없다는 듯이 할멈을 쳐다보고 말했
다. 물론 스스로 확인해 볼 수도 있었다. 또 확인해 보지 않더
라도 그냥 보면 알 수 있었다.

"네, 죽은 것 같네요."

할멈은 이렇게 말하면서 마치 증명이라도 해 보이려는 듯

이 멀찌감치 서서 그레고르의 시체를 빗자루로 쓱 밀어 보였다. 잠자 부인은 할멈의 행동을 제지하려 했지만, 실제로 그렇게 하지는 않았다.

"자, 이제 하느님께 감사의 기도를 드려야겠구나."

잠자 씨는 이렇게 말하면서 성호를 그었다. 나머지 세 여자들도 그가 하는 대로 따라 했다. 그레테는 그때까지 시체에서 조금도 눈을 떼지 않고 있다가 비로소 입을 열었다.

"저것 좀 보세요. 어쩌면 저렇게 말랐을까요? 하긴 오래 전부터 아무것도 먹지 않았어요. 먹을 것을 주어도 하나도 건드리지 않은 채 음식이 그대로 되돌아 나오곤 했지요."

그레고르의 몸은 납작하게 말라붙어 있었다. 다리는 몸통을 제대로 받쳐 주지 못했다. 사람들은 구경을 방해할 장애물이 없어져 버린 지금에서야 그 사실을 알게 되었다.

"그레테야, 이리 좀 오너라."

잠자 부인은 미소를 띤 채 말했다. 그레테는 자꾸 시체 쪽을 뒤돌아보면서 부모님의 뒤를 따라 침실로 들어갔다. 할멈은 방문을 닫고 창문을 활짝 열었다. 이른 새벽인데도 신선한 공기 속에 따뜻한 온기가 감돌았다. 어느덧 3월 말일이 가까워졌다.

세 명의 하숙인이 방에서 나와 아침 식사를 찾으면서 모두들 어리둥절해했다. 하지만 가족들에게 그들은 전혀 안중에 없었다.

"아침 식사는 어디 있지요?"

대장 격인 남자가 할멈에게 불쾌한 표정을 지은 채 물었다. 하지만 할멈은 아무 말 없이 손가락을 입에 대고, 그레고르의 방으로 와 보라는 시늉을 했다. 세 사람은 할멈이 시키는 대로 그레고르의 방으로 갔다. 그들은 낡아 보이는 웃옷 주머니에 두 손을 찌르고서 밝아진 방 안에서 그레고르의 시체를 둘러싸고 서 있었다.

그때 침실 문이 열렸다. 잠자 씨는 제복을 입은 채 한쪽 팔은 부인에게 또 한쪽 팔은 딸에게 부축을 받으면서 나타났다. 세 사람은 모두 눈물에 젖은 얼굴들이었다. 그레테는 때때로 아버지의 팔에 얼굴을 파묻었다.

"당장 우리 집에서 나가 주시오!"

잠자 씨는 이렇게 말하고 나서, 두 여자에게 부축을 받던 팔로 현관을 가리켰다.

"무슨 말씀인가요?"

대장 격인 사내가 다소 놀란 듯이, 하지만 매우 다정한 미소를 지으며 말했다. 나머지 두 사람은 뒷짐을 진 채 계속 손을 비비고 있었다. 마치 자신들에게 유리한 언쟁이 벌어질 것을 기꺼이 기다리기라도 한다는 듯한 태도였다.

"지금 제가 말했던 그대로요."

잠자 씨는 이렇게 말하고 나서, 두 여인과 함께 나란히 하숙인들 앞으로 걸어갔다. 대장 격인 사내는 꼼짝도 않고 그 자리에 섰다. 그리고 나서 머릿속으로 이 복잡한 일들을 다시 정리하려는 듯이 마룻바닥을 내려다보고 있었다.

"정 그러시다면 나가겠습니다."

그는 잠자 씨를 쳐다보았다. 갑자기 겸손한 기분으로, 마치 자기들의 결심에 대해 상대방의 동의를 구하고 싶다는 태도로 말이다. 하지만 잠자 씨는 몇 번씩 눈을 부릅뜨고 그저 고개를 끄덕여 보였다. 그리고 나서 그는 곧장 자신들의 방 쪽으로 걸어갔다. 다른 두 사람은 꼼짝도 않고 서서 이들의 대화에 귀를 기울였다. 그리고 나서 곧 그의 뒤를 따라갔다. 마치 잠자 씨가 먼저 자신들의 방으로 들어가서 자신들과 그 사내 사이를 가로막지는 않을까 두려워하는 것 같았다. 방 안에 들어서자, 세 사람은 약속이나 한 듯이 옷장에서 모자를, 지팡이 통에서 지팡이를 뽑아 들었다. 그들은 가족들에게 무뚝뚝하게 인사를 건넸고, 아무 말 없이 집을 나섰다.

잠자 씨는 두 여인과 함께 쓸데없는 의심을 하며 현관 계단 앞 난간에 기대어 섰다. 물론 나중에 쓸데없는 걱정이었음을 알게 되었지만 말이다. 세 명의 사내가 차분한 발걸음으로 긴 계단을 내려갔다. 잠자 씨는 그들이 계단을 돌 때마다 한 순간씩 사라졌다가 다시 나타나는 그들의 모습을 바라보고

있었다. 그들이 아래로 내려갈수록 그들에 대한 잠자 씨 가족
들의 관심도 점차 사라져 갔다. 머리에 짐을 진 정육점 심부
름꾼이 거들먹거리면서 그들과 반대로 아래에서 올라오다가
위로 올라가자, 잠자 씨는 여자들과 함께 난간을 떠났다. 그
들은 가벼운 마음으로 집 안에 들어왔다.

잠자 씨 가족은 오늘 하루를 휴식과 산책으로 보내기로 했
다. 그들은 쉬어야 할 이유가 충분히 있었을 뿐만 아니라, 반
드시 휴식해야만 했다. 세 사람은 탁자 앞에 앉았다. 잠자 씨
는 지배인 앞으로, 잠자 부인과 그레테는 상점 주인 앞으로
결근계를 썼다. 때마침 할멈이 와서 아침 일이 끝났으니 돌아
가야겠다고 말했다. 세 사람은 결근계를 쓰던 채로 얼굴도 들
지 않고 그저 고개만 끄덕거렸다.

하지만 할멈이 돌아가려고 하지 않자, 그들은 불쾌하다는
듯이 얼굴을 쳐들었다.

"왜 그렇게 있는 거요?"

잠자 씨가 물었다. 그러자 할멈은 문 앞에서 미소를 지으
며 서 있었다. 마치 가족들에게 매우 반가운 소식을 알려 주
려 했지만, 상대방이 묻지 않으면 알려 주지 않겠다는 태도였
다. 할멈의 모자에는 작은 타조 깃털 하나가 거의 수직으로
세워져 가볍게 흔들리고 있었다. 예전부터 잠자 씨는 그 깃털
을 몹시 싫어했다.

"아직 무슨 일이 남았나요?"

잠자 부인이 물었다. 할멈은 가족들 중에서 잠자 부인을 가장 존경하고 있었다.

"네."

그녀는 대답했다. 하지만 그녀는 미소를 짓느라 다음 말을 이어 나가지 못했다.

"이제 옆방에 있는 것을 치워야 할 걱정은 하지 않으셔도 됩니다. 제가 이미 다 치워 놓았답니다."

잠자 부인과 그레테는 결근계를 계속 쓰려는 듯이 다시 고개를 숙였다. 잠자 씨는 할멈이 모든 상황을 자세히 설명하려는 것을 알아챘다. 그래서 그는 단호히 그만하라고 손짓했다. 이렇게 거절을 당하자, 할멈은 자기가 해야 할 바쁜 일들을 생각해 내고는 기분이 상한 듯한 목소리로 말했다.

"그럼, 모두들 안녕히 계세요."

그러고 나서 휙 돌아서서 요란스럽게 문을 꽝 닫고 돌아갔다.

"저녁에 할멈을 내보내도록 합시다."

잠자 씨가 이렇게 말했다. 하지만 부인도 딸도 아무런 대꾸를 하지 않았다. 두 여인은 모처럼 되찾은 마음의 평정이 할멈 때문에 다시 깨질까 두려웠던 것이다. 그녀들은 일어나 창가로 가서 서로 부둥켜안고 서 있었다. 잠자 씨는 의자에 앉아 몸을 돌려 잠시 두 사람을 조용히 바라보았다. 그는 문득 이렇게 말했다.

"자자, 그만 이리 와요. 지난 일을 계속해서 생각하면 무엇 하겠소. 이제 내 생각도 좀 해 주어야지."

그녀들은 그의 곁으로 다가가서 잠자 씨를 위로하고, 서둘러서 결근계를 썼다. 그러고 나서 그들은 함께 길을 나섰다. 몇 달 동안 이런 일은 처음이었다. 그들은 전차를 타고 교외로 나갔다. 전차 안에는 그들뿐이었다. 따스한 햇볕이 전차 안으로 들어왔다. 그들은 의자에 등을 기댄 채 편안히 앉아, 앞으로의 일들에 관해 이야기했다. 어찌 생각해 보면, 그들의 앞날이 그리 암울한 것만은 아니었다. 서로 물어 본 일은 없었지만 세 사람의 직업은 모두 괜찮은 편이었고, 앞으로도 유망한 직종이었기 때문이다.

우선 당장 시급한 것은 환경의 변화였다. 하지만 그것은 집을 옮기면 쉽게 해결될 일이었다. 그들은 지금까지 그레고르가 마련한 집에서 살아왔다. 하지만 세 사람은 그 집보다 작고, 집세도 싸고, 무엇보다 위치가 좋은 그런 실용적인 집이 필요했다.

그들이 그런 이야기를 하는 도중에 잠자 부부는 점점 활기를 되찾는 딸의 모습을 바라보았다. 최근 들어, 딸은 안색이 창백해질 정도로 근심과 고통을 경험했다. 그럼에도 그녀는 아름답고 성숙한 여인으로 성장해 있었다. 잠자 부부는 말없이 서로 시선을 주고받으며, 앞으로 딸에게 좋은 신랑감을 찾아 주어야 할 때가 다가올 것으로 생각했다.

전차가 목적지에 도착하자, 그레테는 가장 먼저 일어나 젊고 싱싱한 팔다리를 쭉 폈다. 잠자 부부의 눈에는 그 모습이 그들의 새로운 꿈과 아름다운 계획을 보증해 주는 것만 같았다.

시골 의사

나는 무척 난처한 입장에 놓여 있었다. 지금 급히 출발해야만 했다. 중환자가 16킬로미터나 떨어진 마을에서 나를 기다리고 있기 때문이다. 무섭게 몰아치는 눈보라가 나와 그 마을 사이의 공간을 메웠다. 나에게는 마차가 한 대 있었다. 가볍고 바퀴가 큰 마차라서 우리가 살고 있는 시골길을 가기에는 아주 적당했다.

나는 털외투로 몸을 감싸고 손에는 의료 기구가 든 가방을 들었다. 이미 나는 길을 떠날 만반의 준비를 갖춘 채 정원 한가운데에 서 있었다. 그런데 말이 없었다. 그놈의 말이! 지난밤에 내 말은 추운 겨울 동안 너무 지나치게 혹사한 탓인지 죽고 말았다. 하녀는 지금 말을 빌리려고 마을 이곳저곳을 돌아다니고 있었다. 하지만 나는 그 모든 것이 소용없는 일이라는 것을 잘 알고 있다. 눈은 더욱더 내려 쌓였고, 나는 점점 움직일 수 없을 정도가 되어 꼼짝도 하지 못한 채 서 있었다. 그때 하녀가 대문 쪽에서 나타났다. 그녀는 홀로 등불을 이리저리 흔들고 서 있었다.

어쩌면 당연한 일이었다. 누가 이런 험한 길에 말을 내주겠는가? 나는 다시 한번 정원 안을 따라 거닐었다. 이제 할 수 있는 일이 아무것도 없었다. 그렇게 머리가 복잡해지고 심란해져서 여러 해 동안 비어 있던 다 쓰러져 가는 돼지우리의 문짝을 구둣발로 탁 차 버렸다. 그러자 문은 돌쩌귀에 걸린 채 바람에 타닥타닥 소리를 내며 여닫히기를 반복했다. 이때 말의 체취 비슷한 것이 내 코를 순간적으로 자극했다. 우리 안에 있는 등 하나가 끈에 매달린 채 흔들리며 희미하게 비치고 있었다. 낮은 칸막이 안에 한 사나이가 웅크리고 앉아 있었다. 그는 커다랗고 푸른 눈을 반짝거리면서 제 모습을 드러냈다.

"마차를 끌 말이 필요하신가요?"

그는 네 발로 기어 나오면서 물었다. 나는 뭐라고 대답해야 할지 몰라, 우리 속에 무엇이 또 있는지 알아보려고 몸을 최대한 굽혔다. 내 옆에는 하녀가 서 있을 뿐이었다.

"자기 집에 무엇이 있는지도 모르셨네요, 나 참!"

하녀가 이렇게 말하자, 나와 그 사나이는 소리를 내어 웃었다.

"이랴, 수놈아. 이랴, 암놈아!"

곧이어 사나이가 이렇게 소리쳤다. 그러자 건장하고 억센 말 두 마리가 근사한 옆구리를 내보이면서 나타났다. 말들은 보기 좋게 생긴 머리를 낙타처럼 숙인 채 몸통을 억지로 비틀어 비좁은 문틈으로 빠져나왔다. 그러고 나서 말들은 억센 몸을 똑바로 일으켜 세웠다. 긴 다리를 곧게 뻗은 늘씬한 말들은 머리에서 김이 무럭무럭 피어오르고 있었다.

"저 사람을 도와주렴!"

나는 하녀에게 말했다. 그러자 하녀는 마부에게 마구를 갖다 주려고 바쁘게 움직였다. 이때 마부는 하녀를 덥석 끌어안고 자신의 얼굴을 그녀의 얼굴에 비벼 댔다. 그러자 하녀는 비명을 지르며 내게로 도망쳐 왔다. 하녀의 볼에는 두 줄기의 이빨 자국이 빨갛게 새겨져 있었다.

"야, 이 짐승 같은 놈!"

나는 화가 나서 미친 듯이 소리쳤다.

"너 이놈, 채찍으로 매를 맞고 싶은 것이냐?"

하지만 나는 순간적으로 내가 그의 고용인이 아니라는 것을 깨달았다. 나는 그가 어디에서 온 사람인지 몰랐다. 게다가 다른 사람들은 모두 내게 도움을 주기를 거부했는데, 그만이 나를 자발적으로 도와주려 한다는 것을 알았다. 그는 내

속마음을 알아차렸는지, 나의 이러한 위협을 기분 나쁘게 여기지 않았다. 그는 말을 수레에 매는 일을 쉬지 않고 계속했다. 다만, 그는 나를 한 번 획 돌아다보았을 뿐이었다.

"자, 타십시오."

그가 나에게 말했다. 어느새 그는 만반의 준비를 다해 놓았다. 나는 이렇게 잘 갖추어진 말이 끄는 마차를 타 본 적이 한 번도 없었다. 나는 기꺼이 마차에 올라탔다.

"자네는 길을 모르니까 마차는 내가 몰겠네."

내가 말했다.

"물론입죠."

그는 다시 말을 이었다.

"저는 함께 가지 않겠습니다. 저는 로자 옆에 남겠어요."

"그건 절대로 안 돼요."

그의 말에 로자는 이렇게 소리쳤다. 하지만 그녀는 피할 길 없는 자신의 운명에 대해 정확히 예감하면서 집 안으로 도망쳤다. 나는 하녀가 문을 닫고 문고리를 채우는 소리, 자물쇠를 잠그는 소리까지 들을 수 있었다. 또 나는 하녀가 현관에서부터 방까지 집 안을 돌아다니며, 자기를 찾지 못하도록 불이란 불을 모조리 꺼 버리면서 자기 몸을 숨기는 것을 지켜보았다.

"자네는 나하고 함께 가야겠네. 그렇지 않으면 아무리 급한 일이라 할지라도 출발하지 않겠네. 내가 그곳에 가는 대가로 자네에게 하녀를 희생시킬 생각은 조금도 없네."

내가 그렇게 말하자 그는 손뼉을 쳤다.

"이랴!"

그러자 마차는 마치 흐르는 강물에 휩쓸리는 나무 조각처럼 갑자기 굴러가기 시작했다. 그때 나는 내 집 문이 마부의 습격으로 부서지는 소리를 들었다. 또 나의 귀와 눈은 소리인지 빛인지 모를 정도의 엄청난 속도감으로 가득 찼다. 하지만 그것도 눈 깜빡할 사이에 끝나 버렸다. 왜냐하면 정원의 문이 열리자마자 환자 집 앞마당에 이미 도착해 있었기 때문이다. 어느새 눈은 그쳤고, 사방은 달빛이 고요히 비쳤다. 환자의 부모가 집 안에서 급히 뛰쳐나왔다. 환자의 누이동생까지 따라 나왔다. 그들은 나를 마차에서 거의 안다시피 부축하면서 끌어냈다. 너무 당황해하는 그들의 말을 듣고 나는 그 말뜻을 도저히 알아들을 수조차 없었다. 곧이어 환자의 방 안으로 들어가자, 방 안의 공기는 거의 숨을 쉴 수 없는 지경이었다. 화롯불이 잘 관리되지 않아, 연기가 나고 있었기 때문이었다. 나는 창문을 열어야 한다고 생각했지만 우선 환자를 보자고 말했다. 바짝 마른 환자는 열은 없었고, 차갑지도 따스하지도 않았다. 그 청년은 텅 빈 두 눈을 하고 있었고, 내의도 입지 않은 채로 털이불 속에서 누워 있다가 몸을 일으켰다. 그는 내

목에 매달려 귀에다 대고 소곤거렸다.

"선생님, 저를 죽게 해 주세요."

나는 이 말을 듣고 주위를 두리번거렸다. 아무도 그 말을 듣지 못한 것 같았다. 그의 부모는 아무 말 없이 몸을 앞으로 굽히고 나서, 내 진단 결과를 기다리고 있었다. 그의 누이동생은 내 가방을 올려놓을 수 있도록 의자를 가져왔다. 나는 가방을 연 다음, 의료 기구를 뒤졌다. 그는 자신이 말한 것을 잊지 않게 하려고 내게 손을 내밀었다. 나는 핀셋을 집어 들고 그것을 촛불 아래에 검사해 본 후 다시 내려놓았다.

"그래! 이런 경우에 하느님이 도와주시니 고맙지 않나! 말이 없는데 말을 보내 주시고, 급하다고 하니 말을 두 마리나 보내 주셨어. 게다가 그리 필요하지 않은 마부까지도 보내 주셨다고!"

나는 이렇게 중얼거렸다.

이때 다시 로자 생각이 문득 떠올랐다. 어떻게 하지? 로자를 어떻게 구하지? 어떻게 로자를 그 마부 놈에게서 구할 수 있을까? 이곳은 로자가 있는 곳에서부터 16킬로미터나 떨어져 있었다. 게다가 내 마차 앞에는 다루기 힘든 말들이 매여 있다. 이 말들은 가죽 끈을 어떻게 했는지 헐겁게 풀려 있었다. 또 두 말들은 어찌된 일인지 각각 다른 창문으로 머리를 내민 채, 가족들이 놀라 소리를 지르고 있는데도 태연히 환자를 지켜보고 있었다.

"나는 이제 돌아가야겠소."

나는 말들이 출발을 재촉하는 거라고 생각했다. 하지만 그의 누이동생은 내가 너무 더워서 정신이 나가 있다고 생각했다. 그래서 그녀는 나에게 털외투를 벗으라고 권했다. 내 옆에는 럼주가 한 잔 놓여 있었고, 환자의 아버지는 나의 어깨를 두드렸다. 그는 자기 집에서 귀하게 여기는 그 술을 내놓음으로써 나에 대한 믿음을 표현한 것이다. 나는 고개를 가로저었다. 노인의 이 좁고 얕은 사고가 내 기분을 상하게 했기 때문이었다. 나는 럼주를 마시는 것을 사양했다. 그의 어머니는 침대 옆에 서서 나를 불렀다.

나는 말 한 마리가 천장을 향해 울부짖는 동안, 청년의 가슴에 내 머리를 댔다. 청년은 나의 젖은 콧수염 아래서 부들부들 떨고 있었다. 내가 짐작했던 그대로였다. 청년은 별다른 이상 없이 건강했다. 다만, 걱정하는 어머니 때문에 커피를 너무 마신 탓에 혈색이 좋지는 않았지만 건강한 몸이었다. 한 번 툭 밀어젖히면 침대에서 벗어날 만큼 건강 상태가 매우 좋았다.

나는 세상을 개혁할 만한 사람은 아니었기 때문에 청년을 그대로 눕혀 두었다. 나는 이 변두리 지방 관청에 임명되어 너무 지나치다 싶을 만큼 나의 의무를 충실히 다하고 있다.

봉급은 매우 박했지만 나는 인색하지 않았고, 가난한 사람들을 잘 도와주었다.

　물론 나는 로자에 대한 걱정도 잊지 않고 해야 한다. 이렇게 생각해 보니, 청년이 죽고 싶다고 한 말도 어떤 면에서는 타당했다. 나 역시도 죽고 싶어질 때가 있었다. 이 겨울에 나는 이곳에서 무엇을 하고 있단 말인가? 내 말은 추위 때문에 죽어 버렸다. 그리고 마을에서 나에게 자기 말을 빌려 주려고 하는 사람은 아무도 없었다. 나는 돼지우리에서 말을 찾아내야만 했다. 만일 그곳에 우연히 말이 없었더라면, 나는 돼지로 마차를 끌게 해서 이곳에 와야 했을 것이다. 이게 바로 내 현실이었다. 나는 환자의 가족들에게 고개를 끄덕이며 작별 인사를 했다. 그들은 타인의 사정 따위는 안중에도 없다. 또 설사 그들이 그것을 알았다고 해도, 그들은 믿지 않을 것이다. 물론 처방전을 쓰기는 쉬웠다. 하지만 그들과 원활한 의사소통을 하는 일은 어렵다. 그저 여기서 내 진찰이 끝났다고 하면 그만이었다. 나는 또다시 헛수고를 한 셈이다. 이런 일을 당하는 건 나로서는 익숙했다. 나의 야간 비상벨을 이용해 온 지방 사람들이 나를 괴롭혀 왔기 때문이었다.

　그런데 이번에는 로자까지도 희생시켜야 하다니. 몇 년 동안, 그녀는 나의 집에서 나의 주목을 받지 못한 채 살아왔다. 단지 나를 위해서 일하는 그 아름다운 처녀를 방치한 채로 이곳에 온 대가는 너무도 크다. 나는 순간적으로 머릿속에서 엉클어진 생각들을 정리하지 않으면 안 된다. 정말 어떤 선의로도 로자를 내게 돌려 줄 수 없는 이 가족들을 공격하지 않기 위해서 말이다.

내가 진찰 가방을 닫고 털외투를 입고 싶다는 뜻으로 손을 내밀자, 가족들은 놀라서 내 앞에 쭉 늘어섰다. 아버지는 손에 든 럼주 잔의 향기를 맡았고, 어머니는 실망한 듯 눈물을 보이면서 입술을 지그시 깨물었다. 누이동생은 진한 핏빛 손수건을 흔들어 댔다. 이 사람들은 도대체 내게 무엇을 기대하고 있는 걸까?

이렇게 되자, 나는 이 청년이 병을 앓고 있다는 것을 인정해 주어도 좋을 것 같다는 생각이 들었다. 나는 그에게 다가갔다. 그는 마치 나에게서 무슨 풍부한 수프라도 얻을 수 있는 것처럼 미소를 지었다. 그 순간, 두 마리 말들이 울었다. 그 고막을 찢을 듯한 울음소리는 분명 나의 진찰을 손쉽게 해 주기 위한 하늘의 배려였다. 결국 나는 발견했다. 그렇다! 이 청년은 실제로 아팠던 것이었다.

그의 오른쪽 옆구리에 손바닥만 한 상처가 있었다. 그것은 담홍색이었다. 수없는 명암에 싸여 있었다. 밑쪽은 어둡지만 가장자리로 갈수록 밝아졌다. 부드러운 입자와 여기저기 피가 맺혀 있는 피딱지가 붙어 있었다. 또 광산처럼 입구가 활짝 열려 있는 듯했다.

가까이 다가가 보니 상처의 상태는 더욱 심각했다. 누구라도 그것을 신음 없이 들여다볼 수는 없었다. 새끼손가락만 한 크기에다가 피가 튀어 분홍빛이 된 벌레들이 꿈틀꿈틀 기어 다니고 있었다. 그것들은 상처 내부에 달라붙어서 흰 대가리로 빛을 찾아 꿈틀거리며 나오고 있었다.

이 불쌍한 청년아. 그대를 구할 수는 없구나. 내가 그대의 큰 상처를 발견했다. 그대 옆구리에 있는 이 꽃 같은 상처로 말미암아 그대는 죽을 것이다. 가족들은 무척 행복해 보였다. 내가 일하고 있는 것을 보고 나서, 누이동생은 어머니에게 그 사실을 전했다. 어머니는 아버지에게 그것을 전했고, 아버지는 몇 명의 손님들에게 전했다. 아버지는 발꿈치를 든 채 두 팔을 뻗어 균형을 잡으면서 열린 문의 달빛을 뚫고 들어오는 손님들에게 이야기를 전했다.

"저를 구해 주시겠어요?"

청년은 자기 상처 속에 살고 있는 어떤 생명에 압도되어 흐느끼며 속삭였다. 내가 담당한 구역 사람들은 모두 다 이런 식이었다. 늘 불가능한 일들을 의사에게 바랐다. 그들은 옛날의 신앙을 잃어버렸다. 신부는 집에 앉아서 미사복을 하나나 찢고 있다. 그런데 의사는 그의 부드러운 손으로 모든 일을 이루어 내지 않으면 안 되었다. 자, 좋을 대로들 하라. 내가 자청해서 나선 적은 없었다. 그대들이여, 나를 성스러운 목적을 위해 쓰라. 나 역시 무슨 일이 일어나도 내 몸을 내맡길 테다. 그러니 하녀까지 빼앗긴 나와 같은 늙은 시골 의사가 무슨 더 나은 일을 하려고 하겠는가? 그들이 온다. 가족과 마을의 연장자들이 말이다. 그들은 나의 옷을 벗긴다. 선생을 선두로 한 학교 합창단이 집 앞에 서서 다음과 같은 가사를 극히 단조로운 노래로 부르고 있었다.

> 옷을 벗겨라, 그러면 치료를 시작할 것이다.
> 그래도 낫지 않으면, 그를 죽여 버려라!
> 그는 의사일 뿐이니, 그것이 바로 의사이니.

그들은 내 옷을 마구 벗겼다. 옷이 벗겨진 나는 손가락을 콧수염에 댄 채, 머리를 비스듬히 하고 사람들을 가만히 바라보았다. 나는 매우 침착했으며, 내가 그들보다 우월하다는 생각을 계속 유지하고 있었다. 그렇지만 그러한 생각은 나에게 전혀 도움이 되지 않았다. 그럼에도 불구하고 나는 그 상태를 계속해서 유지했다. 그들은 나의 머리와 팔을 잡고 나를 침대로 들고 갔다. 그들은 벽 쪽으로, 청년의 상처 옆으로 바싹 나를 눕혔다. 그러고 나서 방에서 나가 버렸다. 문은 닫혔다. 어느덧 노랫소리도 잠잠해졌다. 구름이 달을 가렸다. 침구는 나를 따스하게 감쌌고, 창문 틈으로 말 머리들이 그림자처럼 흔들려 보였다.

"그거 아세요?"

나는 내 귓속에 대고 이야기하는 소리를 들었다.

"저는 당신을 그다지 신뢰하지 않아요. 당신도 그저 어디선가 내던져진 인간에 불과하죠. 제 발로 독립적인 의지를 갖고 온 게 아니죠. 도와주기는커녕 죽어 가는 나의 죽음의 자리만 비좁게 만드는군요. 저는 당신의 두 눈을 뽑아 버렸으면 하는 심정입니다."

"맞는 말일세. 하지만 그건 엄청난 모욕일세. 난 의사가 아닌가? 날더러 도대체 어쩌란 말인가? 나로서는 그게 그리 쉬운 일이 아님을 알아주게."

나는 말했다.

"그런 변명으로 저에게 만족하란 말인가요? 아! 틀림없이 그래야겠네요. 나는 늘 만족하지 않으면 안 되는 사람이니까. 나는 멋진 상처를 갖고 이 세상에 태어났죠. 그것이 태어나기 전에 내가 준비한 모든 것이에요."

"자네 말이야. 자네가 잘못하고 있는 건 바로 통찰력이 없다는 것일세. 나는 이미 여기저기서 많은 환자를 보러 다녔네. 감히 내가 자네에게 말하는데, 자네 상처는 그다지 심한 게 아니야. 도끼를 두 번 예각으로 찍어 만들어진 상처일 뿐일세. 많은 사람은 숲속에 있으면 옆구리를 내밀고 있으면서도 도끼 소리를 듣지 못하지. 하물며 도끼가 자신에게 다가오는 소리도 듣지 못하는 걸세."

"정말인가요? 혹시 열에 들뜬 나를 속이려는 건 아닌가요?"

"물론 사실일세. 공의의 명예를 걸고 하는 말이니 받아들이게."

그러자 그는 그 말을 받아들이고 조용해졌다. 하지만 이제나 자신의 구원을 생각할 때가 왔다. 아직 말들은 충성스럽게 제자리에 서 있었다. 나는 옷과 털외투와 가방을 한꺼번에 재빠르게 움켜잡았다. 옷을 입느라고 시간을 낭비할 수는 없는 노릇이었다. 말들이 이곳으로 올 때와 마찬가지의 속도로 서둘러 준다면 이 침대에서 내 침대로 뛰어든 것이나 다름이 없다.

한 마리의 말이 순순히 창가에서 물러났다. 나는 짐 보따리를 마차 속에 던졌다. 털외투는 너무 멀리 날아가서 소맷자락만 못에 걸렸다. 이제 됐다. 나는 말 위에 급히 올라탔다. 가죽 띠는 느슨하게 묶여 있고, 두 마리의 말이 서로 연결되지도 않은 상태여서 마차가 덜컥거리며 달라붙었다. 맨 끝의 털외투는 눈 속에서 펄럭거렸다.

"이라!"

나는 큰 소리로 외쳤다. 하지만 말은 이상하게 달리고 있었다. 우리는 노인처럼 느린 속도로 눈 덮인 벌판을 가로질러 갔다. 우리 뒤편에서는 어린아이들의 노랫소리가 들려왔다. 새롭지만 가사가 잘못된 노래를 부르는 소리가 계속 들려왔다.

> 기뻐하라. 그대들 병든 자들이여.
> 의사를 병든 자의 침대 위에 눕혔나니!

나는 절대 이런 식으로는 집에 돌아갈 수가 없었다. 나의 의술 생활은 이제 끝났다. 후임자가 나의 자리를 넘본다. 하지만 소용없다. 왜냐하면 그가 나를 대신할 수는 없기 때문이다. 나의 집에서는 그 역겨운 마부가 미쳐 날뛰고 있다. 로자는 그의 제물이다.

나는 이 모든 것들을 생각하지 않으려고 한다. 벌거벗은 채로 이 불행한 시대에 몸을 내맡긴 늙은 나는 세상의 마차를 타고 세상의 것이 아닌 말들에게 이끌려 끝도 없는 곳에서 빙빙 돌고 있을 뿐이다.

나의 털외투는 마차 뒤에 매달려 있다. 하지만 나는 그것에 손이 닿지 않는다. 환자 주위의 불한당들 중에서 움직일 수 있는 어느 누구도 손가락 하나 까딱하려 하지 않는다.

속았다! 속았구나! 한밤중에 야간 비상벨이 잘못 울린 것을 따랐더니, 그것을 다시 돌이킬 수가 없게 되었구나.

갑작스러운 산책

저녁 식사 후, 저녁 시간에 집에 머물겠다고 마음을 먹고 나서 집에서 입는 평상복을 입고, 등불이 비치는 책상에 앉은 채 이런 저런 일이나 게임을 했다. 그런 일들이 모두 끝난 뒤 습관적으로 자러 갈 때, 날씨가 좋지 않아 집에 머무는 것이 당연하다고 여겨질 때, 이미 오랫동안 책상에 조용히 앉아 있어서 갑작스럽게 외출하는 게 좀 이상하다고 여겨질 때, 벌써 집 계단이 어두워지고 집 대문이 꽉 닫혀 있을 때, 이런 모든 장황한 이유에도 불구하고 갑작스럽게 불쾌함이 느껴져 일어나, 곧바로 외출하기에 알맞은 옷을 갈아입고 당장 나가 보아야 한다고 가족에게 설명했다.

가족과 짧은 인사를 마친 뒤, 집 문을 빠르게 닫다가 큰 소리가 났다. 조금 불만이 생기리라 여겨질 때, 골목길에 서 있는데 예상치도 못했던 자유로움을 온몸으로 느끼며 특별한 움직임이 저절로 나올 때, 이런 한 번의 결심을 통해 내 모든 결정 능력이 매우 예민해짐을 느낄 때, 가장 빠른 변화를 쉽게 실현하는 욕구보다 더 큰 힘을 가진다는 것을 습관이라 치부하지 않고 더 크고 강하게 인식할 때, 그럴 때가 바로 긴 골목길을 걸어갈 때다.

그다음, 오늘 저녁만큼은 내 가족으로부터 멀어지는 반면, 스스로 매우 확고한 결심을 하고, 검은 실루엣의 형상을 하며, 자신의 진정한 모습을 위해 분연히 일어섰다.

이 늦은 저녁 시간에 한 친구를 찾아가 잘 지내고 있는지를 살필 때, 모든 것은 조금 더 강해진다.

옷

나는 가끔 아름다운 몸에 여러 겹의 주름과 주름 장식을 예쁘게 걸친 이들을 본다. 그 옷들을 볼 때마다, 나는 그것들이 오랫동안 잘 유지되지 못하고, 주름이 지고, 더는 매끈하지 않으며, 장식에서 더는 떼어 낼 수 없는 먼지가 두텁게 낀다는 사실을 떠올린다. 또 누구나 항상 똑같은 귀한 옷을 아침에 입고 저녁에 벗는 것을, 아무런 느낌 없이 계속 반복하게 된다는 것도 생각한다.

나는 한 소녀를 본다. 소녀는 정말 아름답고 매혹적인 근육을 가졌고, 작은 복사뼈와 팽팽한 피부와 가늘고 풍성한 머릿결을 지니고 있다. 그런데 매일 가장무도회 복장을 입고 나타나서, 늘 똑같은 얼굴을 똑같은 손바닥에 대고 거울에 비추고 있다.

가끔 그녀들이 축제에서 저녁 늦게 돌아왔을 때다. 거울에
는 닳아빠지고, 붓고, 먼지투성이에다, 이미 모두에게 선보여
져서 더는 입을 수 없게 되어 버린 옷이 나타난다.

원형 극장의 관람석에서

    폐결핵을 앓는 어떤 허약한 여자 곡마사가 서커스 원형 극장의 흔들리는 말을 타고 있다. 지칠 줄 모르는 관중 앞에서, 채찍을 휘두르는 냉혹한 서커스 단장이 있다. 여자 곡마사는 그 서커스 단장 때문에 몇 달 동안 쉬지도 못한 채, 원형 극장 안에서 사방으로 내몰리고, 관중을 향해 의미 없는 키스를 던지며, 가는 허리로 자신의 몸의 중심을 잡고 있다. 만일 이런 공연이 오케스트라와 환풍기의 소음과 뒤섞여, 잦아들다가 새롭게 솟구쳐 오르는 기계적인 박수갈채에 이끌려 끊임없이 되풀이되는 암울한 미래와 연결된다면 어찌하겠는가. 그렇다면 아마 원형 극장 관람석에 앉아 있던 젊은 관객이 온갖 등급의 좌석을 지나는 긴 계단 아래로 서둘러 달려 내려와, 공연장 안으로 뛰어들며 외쳤을 것이다. 그만 멈춰! 늘 구색 맞추기에 급급한 오케스트라의 팡파르에 섞여서 말이다.

　하지만 사실은 그렇지 않기 때문에, 붉고 희게 치장한 옷을 차려입은 숙녀가 막 사이로 날아 들어온다. 제복을 입은 당당한 사람들이 의기양양하게 그녀 앞의 막을 열어 준다. 서커스 단장은 몸을 기울여 그녀의 눈길을 좇는다. 동물들을 어르고, 그녀와 마주 보며 호흡한다. 마치 위험한 말 타기를 무릅쓰는 그녀가 자신이 가장 사랑하는 손녀라도 되는 것처럼, 조심조심 회색 얼룩이 있는 말 위로 그녀를 들어올린다. 안타까운 마음에, 채찍을 휘둘러 시작 신호를 주는 것을 잠시 주저하다가, 결국 스스로를 추스른 뒤에 '탕' 하는 요란한 신호 소리를 낸다.

　그러고 나서 그는 말 곁에 바짝 붙어 이것저것을 지시하며 뛰어다닌다. 이때 그는 여자 곡마사가 점프하는 것을 날카로운 눈빛으로 추적한다. 그녀가 부리는 재주가 별로라고 생각하면 영어로 경고를 주며 안간힘을 다해 달린다. 또 그는 말 타는 것을 멈추게 하려는 마부에게 화를 내며 정신을 바짝 차리라고 강하게 지시를 내린다. 죽음을 각오한 공중회전을 하기 직전, 그는 두 손을 치켜 올리고 오케스트라를 향해 조용히 하라고 즉시 명령한다. 결국 그녀를 떨고 있는 말 위에 들어 올린 다음, 양 뺨에 입을 맞춘다. 사실, 그는 관객의 호응이 너무 약하다고 생각한다. 한편 그녀는 그에게 기대어 발끝으로 아스라이 서고, 휘날리는 먼지 속에서 두 팔을 넓게 벌린 채 머리를 뒤로 젖힌 뒤, 그녀의 성공을 서커스단과 함께 나누고자 한다.

그렇기 때문에 원형 극장의 관중은 얼굴을 난간에 기댄 채, 아득한 꿈에 잠긴다. 드디어 관중은 마지막 행진 때 자신도 모르는 사이에 까닭 모를 눈물을 흘리고 마는 것이다.

오래된 기록

우리는 우리 조국을 지키는 일에 많이 소홀해진 것 같다. 이제까지 우리는 조국의 안위에 대해 근심하지 않고 우리 일에만 전념해 왔다. 하지만 지난날의 사건 때문에 우리 모두는 걱정과 근심에 싸여 있다.

내 구두 작업장은 황제의 궁 앞 광장에 있다. 동틀 녘에 가게를 열자마자, 나는 모든 골목 입구가 무장한 사람들로 완전히 점령되어 있는 것을 발견했다. 하지만 놀랍게도 그들은 우리 병사들이 아니었다. 분명히 말하면, 북쪽에서 온 노마드족이었다. 그들은 아무도 모르는 사이에 경계선에서 먼 수도까지 밀려 들어왔다. 어찌 되었건 간에, 그들은 이곳에 있다. 매일 아침 점점 더 그 수가 많아지는 것만 같다.

그들은 본래의 특성에 따라서 자유로운 하늘 아래에 야영

한다. 왜냐하면 그들은 지붕과 벽이 있는 집에서 조용히 있는 것을 싫어하기 때문이다. 그들은 항상 날카로운 칼과 뾰족한 화살을 지니고 말을 타는 데에 전념한다. 그들은 그렇게 적막하고 늘 불안이 휩싸이는 곳에 자기들만의 둥지를 만들었다. 물론 수많은 상인이 가게에서 나온 뒤, 그들이 쌓아 놓은 더러운 오물만이라도 치워 보려 애썼다. 하지만 그런 일은 점점 드물어진다. 왜냐하면 그러한 노력은 아무짝에도 쓸데가 없고, 사나운 말들 아래에 깔리거나, 채찍질을 당해서 상처가 나는 등의 험한 사고가 발생하기 때문이다.

그 누구도 노마드족과는 말을 섞을 수가 없다. 그들은 우리 언어를 알아듣고 말하지 못한 데다가 자신들만의 고유의 언어도 갖고 있지 않다. 그들은 갈까마귀 소리로 의사소통을 할 따름이다. 우리는 이런 소름끼치는 고함 소리를 너무 자주 듣게 된다. 그들은 우리의 생활 방식과 우리들이 가지고 있는 시설들이 자신들과 아무런 관계가 없다고 여기며 도통 이해하려 들지 않는다. 그런 탓에, 그들은 모든 언어에 대해서 강한 거부감을 드러낸다. 그들은 다른 언어를 이해하지 못하며, 훗날에도 결코 이해할 수 없을 것이다. 그들은 자주 인상을 구기고 있다. 또 눈 흰자를 보이면서 입에 거품을 물곤 한다. 하지만 그러한 행동으로 무슨 의미를 전달하려 하거나 타인에게 위협을 가하려고 하는 건 아니다. 그들은 그저 아무런 의미 없이 그렇게 할 뿐이다. 그것이 바로 그들만의 방식이기 때문이다.

게다가 그들은 자신들이 필요로 하는 것을 바로 가져간다. 그들을 폭력적으로 규정할 수 없는 까닭은 그들이 자신들이 가지고자 하는 것을 취하기 전에 사람들이 슬며시 옆으로 물러서면서 그들에게 자신이 가진 모든 것을 넘겨주기 때문이다. 그들은 내 창고에서도 자신들이 가져갈 만한 좋은 것들을 매우 많이 취했다. 하지만 맞은편 푸줏간 주인에 비하면 내 피해는 아무것도 아니다. 푸줏간 주인이 물건을 들여오는 순간, 노르만족이 그에게 달려들어 그가 가진 모든 것들을 약탈하고 순식간에 삼켜 버린다. 그들이 타고 있는 말들까지도 고기를 먹어 치우고 만다. 예를 들어, 노마드족 한 사람이 그의 말 옆에 드러누워 말과 함께 고기 덩어리의 양 끝자락을 잡고 물어뜯어 먹는 식이다. 겁에 질린 푸줏간 주인은 이에 대처할 만한 힘도 내지 못한다. 우리는 그런 상황을 충분히 이해하기 때문에 돈을 모아 그를 지원한다. 노르만족이 고기를 얻지 못할 때, 그들이 어떤 생각을 할지 그 누가 알 수 있을까? 그들은 항상 고기를 먹지만, 그들에게 문득 어떤 생각이 떠오를지 그 누가 알 수 있을까?

어느 날 아침, 푸줏간 주인은 자신의 노고를 아낄 수 있겠다는 생각에 억지로 살아 있는 황소를 끌고 와서 그들에게 주었다. 무슨 설명이 더 필요할 것인가? 나는 한 시간 동안 작업장 뒤에서 바닥에 납작하게 엎드렸다. 그러고 나서 나는 옷, 이불, 쿠션 등을 뒤집어썼다. 그것은 그 야만인들이 여기저기에서 침입해 뜨거운 고기를 물어뜯는 동안에 죽음에 임박해 있는 황소의 슬픈 울음소리를 듣지 않으려는 행동이었다. 일은 순식간에 벌어졌다. 그 야만인들은 와인 통 주위에 술꾼처럼 널브러져, 뼈만 앙상하게 남은 황소를 만족스러운 눈길로 바라보았다.

바로 그 순간, 나는 궁전 창문에서 밖을 내다보는 황제를 보았다. 그는 이런 복잡한 거리로 나오지 않고, 늘 안전한 정원 안에서만 지냈다. 하지만 그는 창가에 서서 그의 성 앞에서 벌어지는 일들을 유심히 바라보고 있는 것 같았다.

"어떻게 하지?"

우리는 서로에게 묻는다.

"이 압제와 고통을 얼마나 더 견뎌야 하지?"

황제의 궁전은 노르만족을 꾀어 들였다. 하지만 그들을 어떻게 내쫓아야 하는지 전혀 알지 못한다. 문은 꼭 닫혀 있다. 항상 화려한 옷차림으로 드나들던 예전의 궁병들은 말없이 서 있었다. 그들은 무책임하게 수공업자들과 상인들에게 조국의 생사를 맡겨 놓은 것이다. 하지만 우리는 그와 같은 중대한 임무를 처리할 재간이 없다. 또 그와 같은 능력이 있다고 추호도 생각해 본 적이 없었다. 만약 그렇게 생각했다면 그것은 참으로 오해다. 결국 우리 모두는 이대로 파멸하고 말게 분명하다.

법 앞에서

법 앞에 문지기가 하나 서 있다. 시골 사나이가 문지기에게 법 안으로 들어가게 해 달라고 요청한다. 하지만 문지기는 지금 당장은 입장을 허락해 줄 수 없다고 말한다. 시골 사나이는 이리 저리 생각해 보다가 그렇다면 나중에는 들어갈 수 있느냐고 물어 본다.

문지기는 "그럴 수는 있어. 하지만 지금은 안 돼."라고 말한다. 법으로 가는 문은 늘 열려 있다. 문지기가 문 옆에 서 있기 때문에, 시골 사나이는 문을 통해 안을 들여다보려고 허리를 잔뜩 굽힌다. 그 모습을 본 문지기가 웃으며 말한다.

"그렇게 그 안이 궁금하면 내가 금지하건 말건 한번 들어가도록 해 봐. 하지만 반드시 알아둘 게 있어. 나는 무지하게 힘이 세다고. 그런데 나는 최하급 문지기에 불과해. 방을 하나씩 통과할 때마다 문지기가 서 있어. 그때마다 더욱 힘센 문지기를 만나게 될 거야. 세 번째 문지기만 되어도 나조차 그를 똑바로 쳐다볼 수 없다고."

시골 사나이는 그런 어려움에 직면할지 조금도 예상하지 못했다. 법이란 모든 사람에게 언제나 열려 있어야 하는 것이라고 믿고 있었기 때문이다. 털외투를 입고 있는 문지기는 커다란 매부리코, 길고 가늘며 검고 뻣뻣한 타타르인 같은 턱수염을 하고 서 있다. 그 모습을 보자, 시골 사나이는 자신을 입장시켜 줄 때까지 주구장창 기다리는 게 더 낫겠다고 생각한다. 문지기는 그에게 등받이 의자를 하나 주며, 문 옆에 앉아 있으라고 한다. 그는 의자에 앉아 여러 날 여러 해를 보낸다. 그는 가끔 안으로 들어가려고 시도했기 때문에 문지기는 그의 부탁에 점점 지쳐 간다. 문지기는 가끔 간단한 심문을 통해 그의 고향 사정을 비롯해 바뀐 것들을 계속 묻는다. 그것은 상류층 사람들이 던지는 것 같은 그렇고 그런 질문들이다. 그런 질문들 끝에는 항상 아직 입장을 허락할 수 없다는 말뿐이다. 시골 사나이는 여행을 위해 많은 물건을 가지고 왔다. 그는 문지기를 매수하기 위해 아주 귀중한 물건도 아낌없이 뇌물로 사용한다. 그렇게 그는 준비했던 모든 것을 그대로 탕진해 버리고 만다.

문지기는 물건을 받으면 그때마다 이렇게 말한다.

"내가 이걸 받아 두는 것은 자네가 노력을 게을리하지 않았다고 생각하게 하려는 걸세."

여러 해 동안, 시골 사나이는 매일 문지기를 관찰한다. 그는 다른 문지기들은 이미 잊었다. 그에게는 이 첫 번째 문지기가 법으로 들어갈 수 없도록 하는 단 하나의 장애물로만 보인다. 그는 이 불행한 우연을 저주했다. 처음 몇 해는 문지기가 듣거나 말거나 큰 소리로 말했다. 하지만 오랜 세월이 흐르고 난 뒤에는 혼잣말로 투덜거린다. 그는 어린아이처럼 되어 버린다. 그는 여러 해 동안 문지기를 연구한 덕분에 그의 털외투 깃에 있는 벼룩들까지 알아보게 되었다. 그는 벼룩들에게까지 자신을 도와 문지기의 마음을 돌려 달라고 부탁한다. 결국 시력이 약해진 그는 자기 주위가 정말 어두워진 것인지, 아니면 그의 눈에만 그렇게 보이는 것인지조차 분간하지 못한다. 하지만 이제 절대로 꺼질 수 없는 광채가 법의 문을 통해 비쳐오는 것은 알아챈다. 그는 이제 어둠 속에서도 분명히 알아볼 수 있다. 이제 그는 살날이 그리 많이 남아 있지 않다. 죽음을 앞둔 그의 머릿속에는 지난 세월 동안 쌓아두었던 삶의 경험들이 하나둘 모여서 하나의 질문으로 집약된다. 그것은 아직 문지기에게 미처 물어보지 않았던 질문이다. 그는 점점 굳어 가는 몸을 더는 일으켜 세울 수 없다. 그렇기 때문에 그는 문지기에게 가까이 다가오라고 손짓한다. 문지기는 그의 몸을 잔뜩 구부려야 했다. 두 사람의 키 차이로 말미암아 시골 사나이가 몹시 불리하게 작용했기 때문이다.

"이제 와서 또 무엇을 더 알고 싶나? 정말로 자네는 지칠 줄을 모르는군."

문지기가 묻는다.

"모든 사람들이 법을 얻고자 애쓰지 않소? 그런데 이 오랜 시간 동안 나처럼 법 안으로 들여보내 달라는 사람이 없다니……. 도대체 어찌 된 일이오?"

문지기는 그 시골 사나이가 임종에 임박해 있다는 것을 알고는 큰 소리로 외쳤다.

"여기서는 그 누구의 입장도 허락할 수 없소이다. 이 입구는 오직 당신만을 위한 것이었으니까. 이제 나는 문을 닫고 가겠소."

학술원에의 보고

학술원의 존경하는 신사 여러분!

여러분은 지난날 제가 원숭이였던 시절의 보고서를 제출해 달라고 저에게 요구하셨습니다. 이러한 여러분의 요청은 제게 말할 수 없을 만큼 큰 영광입니다. 하지만 안타깝게도 저는 여러분이 생각하는 그런 보고서를 제출할 수 없습니다.

원숭이였던 때와 지금의 저 사이에는 5년 가까운 세월이 가로놓여 있습니다. 달력을 기준으로 본다면, 그렇게 오랜 시간이 지난 것은 아닐 테지요. 하지만 지금까지 박차를 가해온 자에게는 말할 수 없이 긴 세월이었습니다. 물론 수많은 사람이 저에게 고귀한 충고를 해 주었고, 군중의 갈채, 오케스트라의 음악이 저와 함께했습니다. 하지만 근본적으로 저는 늘 혼자였습니다. 함께했던 모든 것들을 비유를 들어 말씀드리자면, 울타리 너머에 멀리 서 있었을 뿐입니다.

만일 제가 원숭이의 천성대로 살겠다고 고집을 부리거나, 젊은 시절의 추억에만 매달려 있었다면 오늘처럼 성공할 수는 없었을 겁니다. 하지만 이 모든 고집을 포기하는 것이야말로 제가 스스로 확립한 첫 번째 계명이었습니다. 자유분방한 원숭이였던 저는 그 계명의 멍에를 짊어졌습니다. 결국 시간이 흐르면서 추억의 문도 점점 닫혀져 갔습니다.

만일 인간이 마음만 먹는다면 하늘이 땅 위에 펼쳐놓은 저 넓은 문을 통과해서 자유롭게 과거의 원숭이로 돌아갈 수 있었을 겁니다. 하지만 제가 채찍질을 당하며 발전해 나가는 동안 그 문은 점점 낮아지고 좁아졌습니다. 그 후, 저는 점점 인간 세상이 편안해졌고, 차츰 인간 세상에 동화되어 갔습니다.

결국 과거로부터 불어오던 폭풍이 가라앉았습니다. 오늘 그 폭풍은 제 발의 뒤꿈치를 식혀 주는 한 자락의 바람이 되었습니다. 폭풍이 불어오기 전, 제가 과거에 통과해 왔던 저 먼 곳의 구멍은 이제 너무 작은 것이 되었습니다. 그래서 저에게 그 구멍으로 되돌아갈 힘과 의지가 있다고 하더라도, 그 구멍을 다시 통과하려면 제 몸의 털가죽이 하나도 남김없이 벗겨지고 말 것입니다.

이렇게 된 마당에 솔직히 말씀드리겠습니다. 이런 이야기는 멋진 비유를 들어 들려 드리고 싶지만, 툭 털어놓는 편이 더 나을 것 같아 아주 솔직히 말씀드리겠습니다. 존경하는 신사 여러분! 여러분의 원수이 본성 말입니다. 여러분도 원숭이 시절을 거쳐 왔다면, 원숭이의 본성과 여러분 사이의 거리가 원숭이의 본성과 저 사이의 거리보다 더 크지는 않을 겁니다. 이곳 땅 위를 걸어 다니는 한, 침팬지이건 아킬레스이건 원숭이 본성이 발뒤꿈치를 간질거리고 있는 것은 마찬가지란 말입니다.

하지만 주어진 범위 안에서라면 저는 여러분의 질문에 답변할 수 있을 것 같습니다. 그것은 제게 아주 큰 기쁨이기도 합니다. 제가 가장 먼저 배웠던 것은 악수하는 것이었지요. 악수를 청한다는 것은 곧 마음을 여는 것을 뜻합니다. 제 생애 최고의 날이라고 할 수 있는 지금, 저는 누구에게든 악수를 청할 때 인사말을 다정스럽게 건네는 것을 잊지 않습니다.

저의 이 글이 학술원에 새로운 사실을 밝혀 줄 수 없으며, 여러분이 요구하신 것에 비해 엄청나게 부족할 것임을 잘 알고 있습니다. 왜냐하면 제가 아무리 노력해도 명쾌하게 설명할 수 없는 부분이 존재하기 때문입니다. 하지만 과거에 원숭이였던 자가 어떻게 인간 세계에 편입되어 자리를 잡게 되었는지, 기본적인 과정은 잘 보여 줄 수 있을 듯합니다. 하지만 여러분에게 들려드릴 저의 이야기가 아무리 하찮것없다고 해도, 제가 제 자신에 대해 확고한 신념이 없다거나, 인간 문명 세계의 가장 큰 쇼 무대에서의 제 지위가 흔들릴 수 없을 정도로 확고하지 않다면 절대 말씀드릴 수 없었을 것입니다.

사실, 저는 아프리카의 황금 해안 출신입니다. 제가 어떻게 잡혔는지는 다른 사람들의 보고에 의존해 말씀드리도록 해야겠습니다.

어느 저녁, 제가 원숭이 무리 한가운데에 섞여서 물을 마시러 갔을 때의 일입니다. 하겐벡 회사의 사냥 원정대가 물가 수풀 속에 숨어 있었습니다. 물론 이 원정대 대장과는 훗날 여러 차례 고급 적포도주를 비운 사이긴 합니다. 잠시 후, 총성이 울렸습니다. 단 한 마리의 원숭이가 총에 맞았습니다. 그 총을 맞은 원숭이가 바로 저였습니다. 저는 총을 두 방이나 맞았습니다. 한 방은 볼에 맞았지요. 총상은 심각한 정도는 아니었지만 털이 빠져나갔고, 새빨간 큰 상처가 남았습니다. 저는 그 빨간 상처 때문에 불쾌한 것은 물론이거니와, 저와는 전혀 어울리지도 않는 '빨간 피터'라는 별명을 얻게 되었습니다. '빨간 피터'라니요. 그건 그야말로 원숭이 새끼에게나 어울릴 법한 별명이었지요. 얼마 전에 죽은 피터, 그러니까 조금 알려져 있는 서커스단 원숭이인 '피터'라는 놈과 저하고는 빨간 흉터 말고는 닮은 점이 없는데 말입니다. 이건 말이 나온 김에 그냥 한 이야기입니다만……

두 번째 총알은 엉덩이 아래쪽에 맞았습니다. 엉덩이 쪽의 부상은 매우 심각했습니다. 이 부상 때문에, 저는 지금까지도 다리를 조금 절게 됐습니다. 최근 들어, 저에 대해 이런 저런 말도 안 되는 신문 기사들을 써 대는 수많은 놈의 기사 가운데 하나가 유독 눈에 띄더군요. 그 기사를 쓴 작자는 저의 원숭이 본성이 아직 완전히 통제되지 않았다고 했더군요. 그리고 제가 손님이 오면 총에 맞은 상처를 보여 주려고 바지를 벗는 걸 아주 좋아한다나요. 이런 걸 증거라고 들이대고 있지 뭡니까. 나 참. 이 따위 글을 쓰는 작자의 손가락은 총알로 하나씩 날려 버려야 합니다. 저는…… 말입니다. 제가 원한다면 누구 앞에서건 바지를 벗을 권리가 있습니다. 바지를 벗어 보았자, 잘 손질된 털과 빌어먹을 총알이 남긴 상처뿐입니다. 여기서는 특정한 목적을 위해 특정한 단어를 쓰겠습니다. 부디 오해하지 마시길 바랍니다. 이렇게 모든 것이 분명하고 정확하게 드러나 있습니다. 제게는 숨길 것이 하나도 남아 있지 않습니다. 아무리 위대한 사상가라도 진리를 밝혀야 하는 그 순간에는 내팽개칩니다. 물론 그런 기사를 쓴 그 작자가 손님이 왔을 때 바지를 벗는다면, 그것은 좀 다른 이야기가 될지도 모릅니다. 저는 그 인간이 손님들 앞에서 바지를 벗지 않는다는 사실을 이상이 있다는 표시로 인정하겠습니다. 하지만 그 작자도 자신의 예민한 감각을 기준으로 저를 비난하려 들지 말았으면 합니다.

아무튼 그런 충격이 있고 난 뒤, 아, 여기서부터 점차로 제 자신의 기억이 시작됩니다. 정신을 잃었던 저는 하겐벡 회사의 증기선 갑판 위에 있는 우리 안에서 깨어났습니다. 그것은 사방이 쇠창살로 된 것이 아니라, 하나의 궤짝에 세 개의 쇠창살로 벽을 만들어 놓은 형태였습니다. 즉, 궤짝이 네 번째 벽이었던 셈이지요. 우리 안은 바로 일어서기에는 너무 낮고, 그냥 주저앉기에는 너무 좁았습니다. 그래서 저는 계속 떨리는 무릎을 구부린 채 쭈그리고 앉아 있었습니다. 처음에는 아무도 보고 싶지 않았고, 어두운 곳에 숨어 있고 싶어 궤짝 쪽으로 돌아앉아 있었습니다. 그러고 있으니, 쇠창살이 등을 파고드는 것 같았습니다. 사람들은 처음 야생 동물을 잡으면 그렇게 가두는 것이 가장 좋은 방법이라고 생각하는 것 같습니다. 저 역시 제 경험을 비추어 볼 때 그것이 인간적인 의미에서는 가장 옳은 방법이라고 생각하고 있습니다.

하지만 그 당시, 저는 그런 생각조차 하지 못했습니다. 난 생처음 저는 출구가 전혀 없는 막다른 상황에 놓이게 된 것이었지요. 적어도 앞으로 해서 똑바로 나갈 수는 없었습니다. 제 앞에는 상자가 있었거든요. 물론 널빤지 사이에 틈새가 있긴 했어요. 그 틈새를 처음 발견했을 때, 저는 너무 행복에 겨웠어요. 그래서 괴물처럼 울부짖었지요. 하지만 안타깝게도 그 틈새는 너무 좁아서 저의 꼬리조차 밀어 넣을 수 없을 정도였지요. 제아무리 원숭이라고 하더라도 도저히 그 틈새를 넓힐 수는 없었습니다.

훗날, 사람들이 제게 들려준 이야기입니다만, 제가 그때 너무 조용했기 때문에 죽거나 그렇지 않으면 최초의 고비를 무사히 넘기고 나서 매우 잘 길들여질 거라고 생각했다고 합니다. 저는 용케도 그 어려운 시기를 무사히 견디고 살아남았습니다. 저는 늘 소리를 죽여 가며 흐느꼈고, 벼룩을 잘 잡았으며, 코코아 껍데기를 힘겹게 빨기도 했습니다. 또 궤짝의 벽을 머리통으로 쿵쿵 두드리기도 하고, 누가 가까이 다가오면 혀를 내밀곤 했습니다. 저는 새로운 생활에 접해서 할 수 있는 그런 행동들에 몰두했습니다. 하지만 무슨 짓을 하건 출구가 없다는 단 한 가지 감정에 오롯이 사로잡혀 있었습니다. 물론 저는 그 당시 원숭이로서 느낀 감정을 인간의 언어로 기록할 뿐입니다. 그렇기 때문에 약간의 오류도 있으리라 생각합니다. 하지만 지금 그 옛날 원숭이의 진실에 더는 도달할 수 없다고 하더라도, 적어도 그 방향만은 옳을 것이라고 생각합니다. 이 점에 대해서는 의심의 여지가 없습니다.

예전에는 제게 출구가 아주 많았었는데, 우리에 갇힌 뒤에는 단 하나의 출구도 없었습니다. 저는 그냥 들러붙어 버린 것입니다. 설령 사람들이 저를 못 박아 놓았다고 해도 자유롭게 움직일 수 있는 가능성이 더 줄어들지는 않았을 것입니다. 왜 그럴까? 아아, 발가락 사이를 피가 나도록 긁어 보아도 그 이유를 알 수 없었습니다. 등으로 쇠창살을 밀어서 몸을 두 쪽으로 쪼개 놓을 때까지도 그 이유를 알 수 없었습니다. 저는 출구가 없었고, 출구를 만들어야 했습니다. 출구 없이는 살 수가 없었기 때문이지요. 언제까지 그 궤짝 벽에 들러붙어 살아야 했다면, 아마 저는 죽고 말았을 겁니다. 하지만 하겐 벡 회사에서 생각하는 원숭이란 결국 궤짝 벽에 들러붙은 존재일 뿐입니다. 그래서 이때 저는 원숭이이기를 포기했습니다. 정말로 명석하고 멋진 생각이었습니다. 어쨌거나 그것은 제 배 속에서 나온 생각임이 틀림없습니다. 왜냐하면 원숭이는 배로 생각하니까요.

제가 '출구'라는 개념을 어떻게 쓰고 있는지, 여러분이 정확히 이해하지 못할까 봐 걱정됩니다. 저는 가장 일상적이고 확실한 의미로 '출구'라는 개념을 사용하고 있습니다. 그냥 일반적으로 '자유'라고 말하지는 않는 겁니다. 제가 쓰고 있는 '출구'라는 개념은 사방을 향해서 열려 있는 저 위대한 감정인 자유와는 분명히 구별됩니다. 저는 원숭이였을 적에는 자유를 알고 있었고, 자유를 동경하는 사람들과도 사귀었습니다. 하지만 솔직히 고백하자면, 저는 그때나 지금이나 자유를 원하지 않습니다. 말이 나왔으니 말인데, 사람들은 자유라는 말에 너무나 자주 스스로를 기만합니다. 왜냐하면 자유는 가장 숭고한 감정 중 하나이기 때문이지요. 자유로운 것처럼 속이는 현혹도 가장 숭고한 현혹 가운데 하나입니다. 저는 쇼 무대에 나가기 전에 한 쌍의 곡예사가 천장에 매달려 공중그네를 타는 것을 보았습니다. 그들은 서로 품 안에 뛰어들기도 하고, 한 사람이 다른 사람의 머리카락을 입으로 물어 나르기도 했습니다.

'저것도 인간의 자유라고 할 수 있겠군!'

저는 그렇게 생각했습니다. 정말 그것은 성스러운 자연에 대한 일종의 조롱에 불과합니다. 만일 원숭이들이 그런 광경을 본다면 얼마나 웃어 델까요? 그 웃음소리는 아무리 튼튼하게 지은 건물이라도 와르르 무너져 내릴 정도가 될 것입니다.

아닙니다. 저는 자유를 원하지 않았습니다. 다만, 출구 하나를 원했을 뿐입니다. 오른쪽이건 왼쪽이건 상관없었습니다. 저는 다른 건 하나도 바라지 않았습니다. 출구가 착각에 지나지 않는다고 하더라도, 상관없다고 생각했지요. 제가 바라는 것이 작으니 착각이라고 해도 별것은 아닐 겁니다. 계속 나아가자! 계속 앞으로 나아가자! 두 손을 높이 들고 가만히 서 있는 것만 아니라면! 궤짝 벽에 들러붙어 가만히 있는 것만 아니라면!

오늘 제가 분명히 알고 있는 게 하나 있습니다. 그것은 제 내면이 매우 안정되어 있었기 때문에 그 험난한 어려움을 헤

치고 빠져 나올 수 있었다는 겁니다. 정말 오늘날의 제가 있게 된 것은 모두 그때 배 안에서 제게 찾아온 마음의 안정 때문입니다. 그런데 제가 마음에 안정을 찾은 것은 바로 배에서 만난 사람들 덕분입니다.

그들은 아주 작은 문제들을 가지고 있었지만 착한 사람들이었습니다. 요즘에도 저는 그 당시 반쯤 잠이 든 상태에서 들었던 그들의 묵직한 발소리를 기억하고 있습니다. 그들은 모든 것을 극도로 천천히 시작하곤 했습니다. 어떤 남자는 눈을 비비려 할 때면 무슨 무거운 추라도 들어 올리듯 손을 억지로 들어 올렸습니다. 또 그들의 농담은 조금은 거칠었지만 따뜻했습니다. 게다가 그들의 웃음소리에는 조금 위태롭게 들리기는 했지만 기침소리도 섞여 있었습니다. 입안에는 늘 뱉어 낼 것을 담고 다녔습니다. 하지만 그들은 그것을 어디에 뱉을지 아무런 신경도 쓰지 않았습니다. 그들은 저의 몸에 살고 있는 벼룩이 자기들에게 옮겨질까 봐 늘 불평했습니다. 하지만 그것 때문에 제게 화낸 적은 한 번도 없었습니다.

그들은 저의 털 속에 벼룩이 많이 살고, 벼룩은 옮겨진다는 것을 잘 알고 있었을 뿐입니다. 그들은 그 사실을 있는 그대로 받아들였습니다. 쉬는 날이 오면, 그들은 제 주위에 반원을 그리고 둘러앉기도 했습니다. 그들은 이야기는 거의 하지 않고 서로 으르렁대기만 했습니다. 또 그들은 궤짝 위에서 몸을 쭉 뻗은 다음, 파이프 담배를 피웠습니다. 그럴 때, 제가 조금이라도 움직이면 금세 무릎을 치며 신기해했습니다. 가끔 어떤 이는 어딘가에서 막대기를 가져와 제가 시원해할 만한 자리를 골라서 긁어 주기도 했습니다. 누군가 저에게 다시 그 배를 타고 함께 여행하자고 초대한다면, 저는 분명 거절할 것입니다. 하지만 그 배를 다시 타게 되더라도 갑판 위에서 되살릴 기억들이 반드시 불쾌한 것만은 아니라고 생각합니다.

그 사람들 사이에 있던 저는 곧 마음의 안정을 얻었습니다. 그 덕분에 저는 도망치려는 시도를 더는 하지 않게 되었습니다. 돌이켜 생각해 보면, 그 당시 저는 확실하지는 않지만 살고자 한다면 출구를 찾아야 하지만, 그렇게 도망친다고 반드시 출구를 찾을 수 있다는 보장은 없다는 걸 알았던 것 같습니다. 그때 도망칠 수 있는 가능성이 있었는지는 지금 확실히 알 길이 없습니다. 하지만 원숭이는 언제든 도망칠 수 있다고 생각합니다.

지금의 제 이빨로는 호두를 깨먹는 것조차 조심해야 할 지경입니다. 하지만 당시에는 틀림없이 자물쇠도 물어뜯을 수 있었을 것입니다. 하지만 저는 그런 행동을 하지 않았습니다. 그런다고 해서 무엇이 더 나아질 것입니까? 아마도 제가 머리통을 내밀기가 무섭게, 그들은 나를 다시 붙잡았을 것입니다. 그리고 더욱 고약한 우리에 가두었을 겁니다. 아니면 다른 동물들, 예를 들어 맞은편에 있던 구렁이 우리로 잘못 도망쳐서 구렁이에게 몸이 칭칭 감겨서 죽었을지도 모릅니다. 그렇지 않으면 갑판 위까지 몰래 도망쳐서 뱃전 너머로 뛰어내릴 수 있었을지도 모릅니다. 하지만 그래봤자 망망대해에서 잠시 허우적거리다가 물에 빠져 죽었을 게 뻔합니다. 그런 짓들은 절망에 빠진 자들이나 저지르는 행동입니다. 저는 그렇게 인간들처럼 정확하게 계산하지는 않았습니다. 하지만 주위 환경의 영향을 받아서 마치 계산한 것처럼 행동했습니다.

저는 계산적이라고 할 수는 없지만, 아주 냉철하게 관찰을 지속했습니다. 저는 사람들이 이리저리 오가는 모습도 보았습니다. 하지만 늘 같은 얼굴들, 늘 같은 동작들이었습니다. 때로는 모두가 한 사람처럼 보였습니다. 그 사람, 아니 그 사람들은 아무런 방해도 받지 않고 걸어 다니고 있었습니다. 그때 저에게는 큰 목표가 하나 있었습니다.

'나도 그들처럼 되자!'

사실 그 누구도 그들처럼 되고 싶다고 해서 쇠창살을 열어주겠다고 하지는 않았습니다. 이처럼 성취가 불가능한 일은 약속하지 않는 법입니다. 하지만 그런 당치 않은 목표가 정말로 성취된다면, 그 약속은 혹시나 하는 마음으로 헛된 노력을 한다고 생각하는 바로 그 자리에 생겨납니다. 사실 그 사람들에게 제 마음을 이끄는 특별한 구석은 없었습니다. 만일 제가 앞서 이야기했던 자유의 신봉자였다면, 저는 그 사람들의 침울한 눈빛 속에 있는 '출구'보다 차라리 망망대해를 택했을 겁니다. 하지만 저는 그런 것들을 생각하기 전부터, 그 사람들을 매우 오랫동안 관찰해 왔습니다. 또 제가 관찰한 것들이 조금씩 쌓여 가면서 저는 제 자신을 하나의 특정한 방향으로 몰아갔습니다.

그들을 흉내 내는 일은 매우 쉬웠습니다. 침 뱉기는 며칠 만에 해낼 수 있었습니다. 그렇게 되자, 우리는 서로 상대방의 얼굴에 침을 뱉었습니다. 그들과 저 사이의 차이는 이런 것이었습니다. 저는 나중에 제 얼굴을 깨끗이 씻어 냈지만, 그들은 그렇게 하지 않았다는 것이었습니다. 곧이어 저는 파이프 담배도 인간처럼 피울 수 있었습니다. 파이프를 입에 문 채 엄지손가락으로 파이프 대가리를 꾹꾹 누르면, 사람들은 갑판이 떠내려갈 정도로 환호를 지르며 좋아했습니다. 단지, 저는 텅 빈 파이프와 담배를 꽉 채운 파이프의 차이를 오랫동안 이해하지 못했을 뿐입니다.

가장 어려웠던 것은 독주가 담겨 있는 술병이었습니다. 그 냄새는 정말 지독했습니다. 저는 있는 힘을 다해 제 자신과 싸웠지만, 그 고비를 넘기기까지 몇 주일이 걸렸습니다. 사람들은 이상하게도 저의 그런 내적 투쟁을 저의 다른 어떤 것보다 진지하게 평가했습니다. 돌이켜 생각해 보면, 저는 그 당시 사람들을 잘 구별해 내지 못했습니다. 그 사람이 그 사람 같았습니다. 하지만 늘 저를 찾아오던 한 사람이 있었습니다. 그는 혼자서 찾아오기도 했고, 동료들과 어울려 오기도 했습니다. 그는 낮이건 밤이건 아무 때나 찾아왔습니다.

그는 술병 하나를 들고 제 앞에 서서 저를 가르쳤습니다. 그는 저를 이해할 수 없는 존재라고 생각했던 것 같습니다. 그렇기 때문에 저에 대한 수수께끼를 풀려 했던 것이었습니다. 그는 독주가 담긴 술병의 코르크 마개를 천천히 열었습니다. 그러고 나서 제가 그런 일련의 상황을 잘 이해했는지 살펴보려고 저를 가만히 쳐다보았습니다. 고백하건대, 저는 늘 최대한의 집중력을 발휘해 그를 주목했습니다.

이 세상의 모든 인간 스승이 지구를 탈탈 뒤진다 해도 저 같은 인간 제자를 만날 수는 없을 겁니다. 그의 시선은 저의 목구멍까지 따라왔습니다. 그는 저에게 만족해서 고개를 끄덕이며 술병을 입술에 갖다 댔습니다. 저는 조금씩 인간의 습성을 배워 가는 것이 황홀해서 소리를 지르며 손이 닿는 대로 제 몸 이곳저곳을 마구 긁었습니다. 그 역시 기분이 좋아져서 입에 병을 대고 마셨습니다. 저는 그것을 따라 하지 못해 안달하다가 결국 절망해서 똥오줌을 싸며 우리 안을 더럽혔지요. 그런 저의 모습을 보며, 그는 아주 만족해했습니다. 그는 병을 쑥 내밀었다가 다시 큰 원을 그리며 입으로 가져다 마셨습니다. 이렇게 저를 가르치기 위해 몸을 뒤로 접고 단숨에 병을 비웠습니다. 저는 그의 행동을 더는 따라 하지 못하고 힘없이 쇠창살에 매달리곤 했습니다. 그러면 이론 수업은 그것으로 끝나고, 그는 저의 배를 쓰다듬으면서 미소를 짓곤 했습니다.

그다음에는 실습이 시작되었습니다. 제가 이론 수업으로 너무 지치지 않았느냐고요? 그건 그렇습니다. 이미 기진맥진한 상태였지요. 그것도 제 운명이었습니다. 하지만 저는 최선을 다해 그가 내미는 술병을 받아들었습니다. 저는 덜덜 떨면서 코르크 마개를 땄지요. 병마개를 제대로 열자, 새로운 힘이 솟구쳐 올랐습니다. 저는 병을 들어서 입에 댔습니다. 스승의 시범과 구별할 수 없을 정도로 똑같았습니다. 하지만 냄새가 너무 역겹고 구역질이 나서 저는 결국 병을 던져 버리고 말았습니다. 텅 빈 병이어서 냄새만 날 뿐인데도, 저는 그 지독한 냄새를 견디지 못하고 바닥에 내동댕이치고 말았습니다. 스승은 슬퍼했지만 제 자신이 더욱더 슬퍼했습니다. 병을 던져 버리고 난 뒤, 아주 훌륭한 솜씨로 배를 쓰다듬으며 싱긋 웃는 것까지 잊지 않고 해냈습니다. 하지만 스승에게도 내게도 결코 위안은 되지 않았습니다.

수업은 자주 받았지만 항상 그런 식으로 끝났습니다. 제 스승의 명예를 위해 여러분께 드리고 싶은 말씀이 있습니다. 그는 절대 제게 화내지 않았습니다. 물론 가끔 불붙은 파이프를 제 털가죽에 갖다 대곤 했습니다. 제 손이 잘 닿지 않는 어딘가가 타 들어갈 때도 있었습니다. 하지만 잠시 후, 그는 다시 다정한 손으로 불을 꺼 주었습니다. 그는 절대 제게 화내지 않았습니다. 오히려 그는 저와 한편이 되어 원숭이의 본성과 싸우고 있다는 것, 또 제가 지고 있는 짐이 더 무겁다는 것을 통찰하고 있었습니다.

그러던 어느 날 저녁, 제 스승과 저는 많은 관객에게 둘러싸인 가운데 엄청난 승리의 환호성을 올리게 되었습니다. 아마도 그날에는 파티가 열렸던 것 같습니다. 축음기가 돌아가고, 한 장교가 사람들 사이를 어슬렁거리며 돌아다니고 있었습니다. 그날 저녁, 저는 철창 앞에 놓인 술병 하나를 집어 들었습니다. 그리고 사람들이 점점 주목하고 있는 가운데, 코르크 마개를 배운 대로 따고, 술병을 입에 물었습니다. 저는 아무 망설임도 없이, 목구멍으로 꿀꺽꿀꺽 소리를 내어 가며 술을 모두 다 마셔 버렸습니다. 얼굴을 한 번도 구기지 않고 엄청난 술꾼처럼 눈알까지 굴리면서 말이죠. 그러고는 마치 절망에 빠진 패자가 아니라 멋진 예술가처럼 술병을 바닥에 탕 던졌습니다. 그러고 나서 배를 쓰다듬는 건 잊어버리고, 그

대신 참을 수 없는 강력한 충동에 감각이 몽롱해져서 짤막하게 "헬로!" 하고 멋들어진 소리를 내질렀습니다. 바로 인간의 소리를 낸 겁니다. 저는 바로 그 소리와 함께 인간 사회로 뛰어들고 만 겁니다.

"우아, 저놈이…… 말을 하네."

그때 사람들이 질러 댄 함성은 땀방울이 뚝뚝 떨어지는 제 몸뚱이를 향해 쏟아지는 입맞춤과 같았습니다.

되풀이해 말씀드리지만, 저는 인간을 흉내 내는 일에 특별한 매력을 느끼지는 못했습니다. 다만, 출구를 찾기 위해 그들의 흉내를 냈을 뿐이지요. 그 이외에 다른 이유는 없습니다. 지금 바로 말씀드린 승리감과도 상관이 없습니다. 제가 다시 인간의 목소리를 낼 때까지는 몇 달이 족히 걸렸습니다. 독주 술병에 대한 거부감은 예전보다 더욱 심해진 것 같았습니다. 하지만 제가 나아가야 할 방향만은 확실히 정해졌습니다.

제가 함부르크에서 첫 조련사에게 넘겨졌을 때, 두 갈림길이 제 앞에 놓여 있다는 사실을 알 수 있었습니다. '동물원이냐, 아니면 쇼 무대냐!' 저는 절대 망설이지 않았습니다. '쇼 무대에 나가기 위해 온 정성을 다해 노력하자. 그것이 바로 나에게 주어진 출구다. 동물원은 새로운 형태의 우리일 뿐이다. 우리 속으로 들어가면 그걸로 나는 끝장이다.'

존경하는 신사 여러분! 저는 배웠습니다. 아아! 다른 길이 없을 때는 무언가를 배우게 됩니다. 출구를 원할 때는 무언가를 배우게 됩니다. 스스로를 감시하는 감독이 되어, 저는 제 자신을 채찍으로 내리쳤습니다. 조금이라도 스스로에게 반항기가 느껴지면 제 살을 짓찧어 놓았습니다. 제가 가지고 있던 원숭이 본성은 똘똘 뭉쳐져서 황급히 제게서 빠져나와 사라져 버렸습니다. 그런 이유 때문에 저의 첫 스승은 원숭이처럼 되어 버려 곧 수업을 포기했고, 정신 병원으로 실려 가야 했습니다. 하지만 다행히 회복되어 다시 나오게 되었습니다.

그 후, 저는 많은 선생을 소비했습니다. 심지어 여러 명의 선생을 한꺼번에 소비하기도 했습니다. 제가 제 능력을 확신하게 되었을 때, 세상 사람들이 저의 발전에 주목했을 때, 저의 미래가 빛나기 시작했을 때, 저는 선생들을 고용해 다섯 개의 방에 제각각 앉혀 놓고 나서 쉴 새 없이 이 방에서 저 방으로 뛰어다니면서 그들 모두에게 동시에 배웠습니다.

아아! 그 눈부신 진보! 잠에서 깨면 뇌 속으로 사방에서 밀려 들어오는 그 지식의 빛! 저는 결코 부인하지 않습니다. 그것이 저를 행복하게 해 주었습니다. 하지만 고백할 게 하나 더 있습니다. 저는 지식을 과대평가하지 않습니다. 그 당시에도 그랬지만, 지금에 와서는 더욱 그렇습니다. 아직 지구상에서 유래를 찾아볼 수 없는 노력으로, 저는 현재 유럽인의 평균치 교양을 쌓게 되었습니다. 그것은 그 자체로는 특별한 의미가 없습니다. 하지만 그 덕분에 저는 우리에서 빠져나오게 되었으며, 이 특별한 출구, 즉 인간의 출구를 갖게 되었다는 점에서 엄청난 의미를 갖습니다. 저의 이러한 상황을 표현해 줄 만한 아주 멋진 표현이 하나 있습니다.

그것은 "덤불 속으로 숨다."라는 표현입니다. 그렇습니다. 저는 덤불 속으로 숨었습니다. 자유란 선택할 수 있는 것이 아니라는 것을 전제로 한다면, 제게는 다른 길이 없었습니다.

지금 제가 걸어온 길과 제가 추구했던 목표를 돌이켜 보면 후회할 것도, 그렇다고 특히 만족스러울 것도 없습니다. 저는 두 손을 바지 호주머니에 찔러 넣고 탁자 위에 포도주병을 올려놓은 채 비스듬히 흔들의자에 기대어 창밖을 내다봅니다. 또 손님이 오면 예의를 갖추어 영접하기도 합니다. 저의 매니저는 응접실에 앉아 있습니다. 제가 초인종을 누르면 제 방으로 와서 제 지시를 듣습니다. 저녁이 되면 거의 언제나 공연이 있고, 공연마다 늘 예외 없는 성공을 이루고 있습니다. 밤 늦게 파티나 학술회의, 기분 좋은 모임을 마치고 집으로 돌아오면 반쯤 훈련이 끝난 작은 침팬지 암컷이 저를 맞이합니다. 그러면 저는 그녀 곁에서 원숭이의 행복을 마음껏 즐깁니다. 하지만 낮 동안은 그녀가 보고 싶지 않습니다. 왜냐하면 그녀의 눈빛에서는 혼란에 빠진 동물의 광기가 보이기 때문입니다. 그것은 오직 저만이 알아볼 수 있습니다. 그런데 저는 그것을 참고 견딜 수가 없습니다.

아무튼, 전체적으로 보면 저는 이루고자 하는 목표를 달성했습니다. 그것이 그렇게 고생할 만한 가치가 없는 것이라고 말씀하지는 말아 주십시오. 어찌 되었건, 저는 인간의 판단을 바라지 않습니다. 저는 다만 지식을 전파하려고 할 뿐이며, 보고하고 있을 뿐입니다.

여러분에게도, 고매하신 학술원 신사 여러분에게도 저는 다만 보고를 드렸을 뿐입니다.

변신

The
Metamorphosis
Die
Verwandlung

작품 해설 및 작가 연보

「변신(Die Verwandlung)」 외, 작품 해설

1. 작가의 생애

20세기 독일 현대 문학을 대표하는 위대한 작가이자 실존 문학의 선구자로 불리는 프란츠 카프카(Franz Kafka, 1883~1924)는 1883년 7월 3일, 체코 프라하에서 6남매 중 장남으로 태어났다. 상인이었던 아버지는 권위적이고 엄격했으나, 어머니는 감수성이 풍부하고 다정한 성격이었다. 독일계 초등학교와 김나지움(Gymnasium, 독일계 인문 중등학교)에서 교육을 받은 그는 문학에 흥미가 있었으며 또한 재능도 있었다. 하지만 아버지의 권유로 프라하 카를 대학에 입학해 법학을 전공한다. 대학에서 막스 브로트를 만나 교류하게 되는데, 그는 카프카를 문단으로 이끌어 주었으며 카프카 사후, 유작들을 출간해 세상에 빛을 보게 하는 중요한 역할을 한다. 1908년, 카프카는 프라하 노동자 재해 보험기관에서 일하며 글쓰기를 병행하게 되는데, 그해 〈휘페리온(Hyperion)〉지에 여덟 편의 산문을 발표한다. 1912년에는 카프카가 가장 뜨겁게 사랑하고 그의 작품에 큰 영감이 되어 준 펠리체 바우어를 만나게 되며 장편 소설『아메리카(Amerika)』를 집필하기 시작한다. 그리고 단편 소설「판결(Das Urteil)」, 「변신(Die Verwandlung)」을 완성하고 단편 모음집『관찰(Betrachtung)』을 출간한다. 1914년, 펠리체 바우어와 약혼했다가 파혼하게 되는데 이 시기에 카프카는 감정적으로 매우 혼란스러운 상태에 빠진다. 그리고 같은 해, 세계 대전의 영향을 받아 단편 소설「유형지에서(In der Strafkolonie)」를 완성하고 장편 소설『소송(Der Prozeß)』을 집필하기 시작한다. 1915년에는 파혼했던 펠리체 바우어와 재회하게 되고, 「변신」이 출간된다. 그리고 단편 소설「화부(Der Heizer)」로 폰타네 상을 수상하며 문단의 주목을 받기 시작한다. 하지만 1917년, 펠리체 바우어와 두 번째 약혼을 한 뒤 파혼하게 된다. 게다가 폐결핵이 발병되어 요양이 필요하다는 의사의 권유로 누이동생이 머물고 있는 취라우에서 요양한다. 그 무렵 단편 소설「학술원에의 보고(Ein Bericht für eine Akademie)」를 집필하기 시작한다. 1919년에는 단편집『시골 의사(Ein Landarzt)』와 단편 소설「유형지에서」가 출간되며, 투병 중에도 꾸준히 창작 활동을 이어 나간다. 그러다가 1920년, 약혼했던 율리에 보리체크와 파혼하고 건강이 악화돼 다시 프라하로 돌아와 요양원에 입원하게 된다. 1922년에는 장편 소설『성(Das Schloß)』을 집필하기 시작하고, 1923년에는 그의 마지막 여인인 도라 디아만트를 만나게 된다. 1924년에는 네 편의 단편 소설을 묶어 『단식광대(Ein Hungerkünstler)』라는 제목으로 출간한다. 하지만 그의 건강은 점점 더 악화되어 1924년 6월 3일, 41세의 나이로 짧은 생을 마감하게 된다.

카프카는 독일계 유대인이었기에 어느 쪽에도 온전히 소속되지 못한 주변인으로서 살아가야 했다. 게다가 동생들은 태어나자마자 죽고 나머지 동생들도 제2차 세계 대전 당시 나치 수용소에서 학살을 당한다. 엄격한 아버지 밑에서 성장하고 동생들의 잇단 죽음을 경험하며 불우한 유년 시절을 보냈던 카프카는 내성적이고 예민한 감성을 지니게 된다. 이러한 그의 성향은 훗날 그의 작품에 독특하고도 난해한, 상징적이고 불안정한 의식으로 표출된다.

생전에 그는 미발표된 자신의 원고를 모두 태워 버리라는 유언을 남겼으나 그의 사후, 친구 막스 브로트의 도움으로 카프카의 유작이 출간된다. 이 책에는 카프카를 대표하는 작품인 「변신」을 비롯해 총 아홉 편의 단편이 수록되어 있다.

2. 작품 내용
1) 불안한 자의식의 세계와 속죄 의식
– 「판결」, 「시골 의사」, 「법 앞에서」

(1) 「판결」

사업은 날로 번창하고 부유한 집안의 딸과 결혼을 앞두고 있던 젊은 상인 게오르크는 러시아에 있는 친구에게 편지를 쓴다. 소위 잘나가고 있는 게오르크에 반해 그의 친구는 사업에서도 실패하고 사람들과 거의 교류도 하지 않으며 홀로 외롭게 지내고 있다. 그동안 게오르크는 친구와 꾸준히 편지를 주고받았지만, 친구에 대한 배려로 자신의 약혼 소식도 알리지 않다가 마침내 그에게 자신의 약혼 소식을 알리게 된다. 편지를 보내기 전에 게오르크는 아버지에게 이 사실을 말한다.

그러고 나서 아버지는 단번에 이부자리를 걷어차 버렸다. 갑자기 이불이 모두 벗겨졌고, 아버지는 침대 위에 똑바로 일어서서 한 손으로 가볍게 천장을 붙들고 있었다.

"나를 이불로 덮어씌우려는 거지? 다 알고 있어. 이 버릇없는 놈아! 하지만 그리 쉽지는 않을 거야! 이것이 나의 마지막 힘일지 모르지만, 너를 상대하기엔 충분하다. 나는 네 친구를 잘 알고 있어. 그가 내 마음에 드는 자식일지는 모르지. 그래서 너는 몇 년 동안이나 쭉 그를 속여 왔어. (…) 그래서 너는 러시아로 허위 편지를 쓸 수 있었단 말이야. 그럼에도 불구하고 다행스럽게도 아비에게 아들의 정체를 알 수 있도록 가르쳐 준 사람은 없었다. 너는 이제 아비를 깔고 뭉개서, 꼼짝도 할 수 없게 해 놓았다고 생각했지. 그리고 나서 이제 너는 결혼할 결심을 했단 말이지, 그렇지?"

하지만 아버지는 게오르크에게 친구를 배신하고 자신에게 거짓말을 한다며 다짜고짜 화를 낸다. 그러면서 게오르크가 여자에게 빠져, 죽은 어머니와의 추억을 더럽히고 자신 몰래 계략을 꾸미고 있다고 생각한다. 아버지는 자신의 진짜 아들은 러시아에 있는 게오르크의 친구라며 게오르크에게 온갖 비난과 악담을 퍼붓는다. 참다못한 그는 마치 희극인 같다며 아버지를 조롱하고 화내지만 이내 죄책감을 느끼며 혀를 깨문다. 그러면서 그는 아버지가 그대로 죽어 버렸으면 좋겠다고 생각하지만 어떠한 저항도 하지 않는다.

"너 말고 이 세상에 무엇이 있는지 이만하면 알겠지. 지금까지 너는 너밖에 몰랐다. 사실 너는 순진한 어린아이였지. 하지만 너는 엄격하게 이야기하자면, 악마 같은 인간이었다는 것을 부정할 수 없다. 그렇기 때문에 나는 너에게 물에 빠져 죽을 것을 선고한다!"

그는 점점 기운이 빠져 가는 두 손으로 난간에 매달려 난간의 철봉 사이로 버스가 지나가는 것을 보았다. 그가 물에 떨어지는 소리를 지워 줄 것같이 달려가는 버스를 보면서 나직이 말했다.

"사랑하는 부모님. 저는 그래도 언제나 당신들을 사랑했습니다."

그리고 그는 난간 아래로 떨어지고 말았다. 그때 다리 위에는 끊임없이 차들이 오가고 있었다.

아버지는 게오르크에게 익사형을 선고한다. 그러자 게오르크는 밖으로 나가 다리 위로 올라가 강물에 몸을 던진다.

작품 속 게오르크는 성실한 사업가였으며 아버지의 권위에 저항하지 않는 순종적인 아들이었다. 하지만 아버지는 아들을 끊임없이 의심하고 알 수 없는 말들을 내뱉으며 마침내 그에게 익사형을 선고한다. 게오르크는 제대로 된 저항 한번 하지 않고 죽으라는 아버지의 명령마저 그대로 따른다.

아버지가 이토록 분노한 이유는 무엇일까? 일과 사랑에서 모두 성공하며 성실하고 순종적이었던 아들을 아버지는 왜 이토록 증오하는 것일까?

실제로 카프카는 아버지와 사이가 좋지 않았다. 아버지의 눈에 비친 카프카는 그저 나약하고 내성적인 몽상가였기에 아버지는 늘 아들을 못마땅하게 여겼다. 이렇듯 독선적이고 권위적이며 지극히 현실적인 아버지 앞에서 그는 늘 움츠러들 수밖에 없었던 것이다.

게오르크는 아버지를 이해할 수 없었지만, 자신은 늘 부모님을 사랑했었다는 마지막 말을 남긴다. 그는 누구보다 아버지를 사랑했고 또 사랑받고 싶었으나, 늘 아버지의 기대에 못 미치는 아들이었던 것이다. 그는 말도 안 되는 이유로 아버지에게 익사형까지 선고받았으나 묵묵히 그 명령을 따른다. 그것만이 아버지를 만족시키기 위해 그가 할 수 있는 유일한 최선의 방법이었던 것이다.

(2) 「시골 의사」

눈보라가 거세게 몰아치는 어느 겨울 밤, 의사는 멀리 떨어진 곳에 위급한 환자가 있다는 호출을 받는다. 하지만 그에게는 타고 갈 말이 없었다. 하녀 로자가 말을 구하기 위해 분주하게 움직여 보지만 구할 수 없었다. 그런데 갑자기 오래된 돼지우리에서 마부가 말 두 필을 끌고 나타난다. 마부는 말을 빌려주는 대가로 로자를 요구한다. 처음에는 거절하던 의사는 환자의 건강이 염려되어 그의 요구를 받아들이고, 그는 말을 빌려 타고 길을 떠난다. 말은 순식간에 먼 길을 달려 환자의 집에 도착한다. 환자를 진찰하던 의사는 겉으로 봐서는 아무 이상이 없는 그의 모습에 헛수고를 했다며 허탈함을 느낀다. 하지만 곧 환자의 옆구리에서 커다란 상처를 발견한다. 의사는 그 상처 때문에 분명 그가 죽게 될 거라고 생각한다.

그의 오른쪽 옆구리에 손바닥만 한 상처가 있었다. 그것은 담홍색이었다. 수없는 명암에 싸여 있었다. 밑쪽은 어둡지만 가장자리로 갈수록 밝아졌다. 부드러운 입자와 여기저기 피가 맺혀 있는 피딱지가 붙어 있었다. 또 광산처럼 입구가 활짝 열려 있는 듯했다.

가까이 다가가 보니 상처의 상태는 더욱 심각했다. 누구라도 그것을 신음 없이 들여다볼 수는 없었다. 새끼손가락만 한 크기에다가 피가 튀어 분홍빛이 된 벌레들이 꿈틀꿈틀 기어다니고 있었다. 그것들은 상처 내부에 달라붙어서 흰 대가리로 빛을 찾아 꿈틀거리며 나오고 있었다.

이 불쌍한 청년아. 그대를 구할 수는 없구나. 내가 그대의 큰 상처를 발견했다. 그대 옆구리에 있는 이 꽃 같은 상처로 말미암아 그대는 죽을 것이다.

옷을 벗겨라, 그러면 치료를 시작할 것이다.
그래도 낫지 않으면, 그를 죽여 버려라!
그는 의사일 뿐이니, 그것이 바로 의사이니.

"그거 아세요?"

나는 내 귓속에 대고 이야기하는 소리를 들었다.

"저는 당신을 그다지 신뢰하지 않아요. 당신도 그저 어디선가 내던져진 인간에 불과하죠. 제 발로 독립적인 의지를 갖고 온 게 아니죠. 도와주기는커녕 죽어 가는 나의 죽음의 자리만 비좁게 만드는군요. 저는 당신의 두 눈을 뽑아 버렸으면 하는 심정입니다."

"맞는 말일세. 하지만 그건 엄청난 모욕일세. 난 의사가 아닌가? 날더러 도대체 어쩌란 말인가? 나로서는 그게 그리 쉬운 일이 아님을 알아주게."

카프카는 연인인 펠리체 바우어와 약혼과 파혼을 거듭하던 혼란스러운 시기에 이 작품을 썼다. 그는 정신적으로 피폐했으며 또한 폐결핵을 앓았기에 육체적으로도 몹시 지친 상태였다. 혐오스러울 만큼 생생하게 묘사된 환자의 상처는 당시 몸과 마음의 병을 앓고 있던 카프카 자신의 모습을 반영한 것이라 볼 수 있다.

작품 곳곳에는 현실과 상상의 세계를 넘나드는 장면이 등장한다. 갑자기 돼지우리에서 등장하는 마부와 말, 머나먼 거리를 순식간에 이동하는 장면, 그리고 의사인 '나'를 환자 옆에 눕히는 장면 등은 다소 몽환적이고 비현실적이다.

기뻐하라. 그대들 병든 자들이여.

의사를 병든 자의 침대 위에 눕혔나니!

나는 절대 이런 식으로는 집에 돌아갈 수가 없었다. 나의 의술 생활은 이제 끝났다. 후임자가 나의 자리를 넘본다. 하지만 소용없다. 왜냐하면 그가 나를 대신할 수는 없기 때문이다. 나의 집에서는 그 역겨운 마부가 미쳐 날뛰고 있다. 로자는 그의 제물이다.

나는 이 모든 것들을 생각하지 않으려고 한다. 벌거벗은 채로 이 불행한 시대에 몸을 내맡긴 늙은 나는 세상의 마차를 타고 세상의 것이 아닌 말들에게 이끌려 끝도 없는 곳에서 빙빙 돌고 있을 뿐이다.

환자의 집에서 나온 의사는 집으로 돌아가지 못하고 세상과 세상이 아닌 경계에서 방황하고 있다. 곳곳에 등장하는 은유와 상징, 현실과 비현실의 세계를 오가는 장면 때문에 다소 난해하게 보이는 이 작품에서 의사는 환자의 병을 낫게 하지 못하고 로자를 제물로 바쳤다는 죄책감 때문에 원래의 자리로 돌아가지 못한다. 이 작품 역시 늘 불안함과 외로움, 고독과 방황에 시달리던 카프카 자신의 모습을 반영한 자전적인 소설이라 볼 수 있다.

(3) 「법 앞에서」

법(法) 앞에 문지기 한 사람이 서 있다. 시골 사람 하나가
와서 문지기에게 법으로 들어가게 해 달라고 청하지만 문지
기는 지금은 입장을 허락할 수 없다고 말한다. 잠시 생각에
잠겨 있던 시골 사람은 그렇다면 나중에는 들어갈 수 있느냐
고 묻는다. 그러자 문지기는 그럴 수도 있다고 하면서 어쨌든
지금은 안 된다고 거듭 단호하게 말한다.

그러면서도 문지기는 시골 사람에게 그렇게 들어가고 싶
으면 들어가 보라고 한다. 하지만 자신은 강하고 문 하나를
통과할 때마다 새로운 문지기가 있는데 세 번째 문지기만 해
도 자신조차 똑바로 쳐다볼 수 없을 만큼 어마어마한 힘을 지
니고 있다고 엄포를 놓는다.

"이제 와서 또 무엇을 더 알고 싶나? 정말로 자네는 지칠
줄을 모르는군."

문지기가 묻는다.

"모든 사람들이 법을 얻고자 애쓰지 않소? 그런데 이 오
랜 시간 동안 나처럼 법 안으로 들여보내 달라는 사람이 없다
니…… 도대체 어찌 된 일이오?"

문지기는 그 시골 사나이가 임종에 임박해 있다는 것을 알
고는 큰 소리로 외쳤다.

"여기서는 그 누구의 입장도 허락할 수 없소이다. 이 입구는 오직 당신만을 위한 것이었으니까. 이제 나는 문을 닫고 가겠소."

법의 문은 늘 열려 있었으나 시골 사람은 그저 밖에서 안을 들여다볼 뿐 적극적으로 들어가려는 의지를 보이지 않는다. 법 앞에서 긴 세월을 버티며 그저 자신이 들어갈 수 있는 날만 기다리던 시골 사람은 이제 죽음을 눈앞에 둔 상태가 되었다. 그는 문지기에게 이렇게 오랜 세월을 기다렸는데도 누구 하나 이곳을 지나려 하지 않았다며 그 이유를 궁금해한다. 그러자 문지기는 웃으며 법의 문은 늘 열려 있었고 오직 당신만을 위한 것이었다고 말한다.

시골 사람은 문지기가 지닌 힘을 두려워하며 긴 세월을 법의 주변에서만 맴돌며 끝내 그 안으로 들어가지 못하고 만다. 무서운 대가를 치르더라도 시골 사람이 의지를 가지고 좀 더 적극적으로 행동했다면, 그래서 그가 그토록 원하던 목표를 이루게 되었다면 그는 조금 더 만족스러운 죽음을 맞이했을지도 모른다. 카프카는 이 작품에서 거대한 세력 앞에 굴복하며 올바른 제도와 질서 속에 편입되기 위해 적극적으로 행동하지 못하는 나약한 인간의 모습을 그려 냈다. 또한 시골 사람의 나약하고 소극적인 모습을 통해 평소 내성적이었던 카프카 자신의 모습을 성찰하고 있다고도 볼 수 있다.

2) 현실을 향한 비판과 인간에 대한 연민
– 「변신」, 「옷」, 「원형 극장의 관람석에서」, 「오래된 기록」

(1) 「변신」

어느 날 아침, 악몽에서 깨어 난 그레고르 잠자는 자신이 거대하고 흉측한 한 마리의 벌레로 변하게 되었다는 것을 알게 된다. 외판원이었던 그는 더 이상 지체하다가는 기차 시간을 놓칠 것 같아 불안한 마음으로 침대에서 일어나려 하지만 마음대로 몸을 가눌 수조차 없다. 평소 성실하던 그가 출근하지 않자 걱정이 된 지배인은 그의 집을 찾아온다. 하지만 굳게 잠겨 있던 방문을 열어 줄 수 없었던 그레고르는 문을 열기 위해 사력을 다한다. 겨우 문이 열리자, 지배인과 가족들은 벌레로 변한 그레고르의 모습을 보며 심한 충격을 받는다. 놀란 지배인은 달아나 버리고, 가족들은 공포와 불안에 떨며 그의 모습을 지켜본다.

그 당시, 그레고르는 가족들을 절망으로 몰아넣은 파산의 불행을 가능한 한 빨리 가족들의 머릿속에서 지워 버리는 데

온 힘을 기울이는 일 이외에는 아무것도 생각하지 않았다. 그랬기 때문에 그레고르는 다른 사람보다 더욱 열심히 일했다. (…) 그 후, 그레고르는 한 가정의 생활비를 충분히 부담할 만큼 큰돈을 벌었고, 집안 재정을 넉넉히 꾸려 나갔다. 하지만 그처럼 신이 나던 시절은 돌아오지 않을 것이다. 가족들도 그렇고 그레고르도 그렇고 이제는 이런 모든 것들이 습관처럼 되어 버렸다. 물론 돈을 받는 쪽의 고마운 감정이나 내놓는 쪽의 호기에는 큰 변화가 없었다. 그렇지만 처음처럼 특별하게 훈훈한 감정은 결코 일어나지 않았다. 단지 누이동생만이 변함없이 오빠에게 각별한 애정을 보여 주었다.

실직한 아버지와 건강이 좋지 않았던 어머니, 나이 어린 누이동생과 함께 살았던 그레고르는 집안의 실질적인 가장이었다. 가정 형편이 좋지도 않았고 게다가 집에 빚이 있었기에 그레고르는 힘든 직장 생활을 버텨 내고 있었다. 하지만 부모님은 그레고르에게 특별히 살갑게 대해 주지 않았다. 누이동생만이 그를 따뜻하게 대해 주었을 뿐이었다. 실제로 카프카는 작품 속 그레고르처럼 누이동생에 대한 애정이 각별했다고 알려져 있다. 그레고르 역시 누이동생을 각별하게 생각하며 어려운 상황에서도 그녀를 음악 학교에 진학시킬 계획을 세운다. 하지만 벌레로 변해 버린 그는 이제 동생을 위해 아무것도 해 줄 수 없는 처지가 되어 버린 것이다.

그런데 아버지는 건강하긴 했지만 이미 나이가 많고 5년 동안이나 아무 일도 하지 않고 지내 왔다. 그렇기 때문에 아버지는 일해서 생활을 꾸려 나갈 자신을 잃고 있었다. 게다가 지난 5년간은 고생만 하고 아무런 보람도 없었던 그의 일생에서 처음으로 얻은 휴가라고 할 수 있었다. 그러는 동안에 아버지는 완전히 살이 쪄서 몸을 자유롭게 움직일 수 없는 상태가 되었다. 그러면 어머니가 그를 대신해서 일해야 하는데, 어머니는 천식이라는 지병을 가지고 있었기 때문에 늘 창문을 열어 놓고 소파 위에서 지내야 할 형편이었다. (…) 무엇보다 지금까지 바이올린을 켜는 일이나 하면서 지내 온 아이가 아닌가. 이 어린 누이동생이 어찌 한 집안을 떠맡을 수 있겠는가? 옆방에서 돈이 필요하다는 이야기가 나올 때마다, 그레고르는 늘 문 옆을 떠나 창가에 있는 차디찬 가죽 소파 위에 몸을 던졌다. 왜냐하면 부끄러움과 서글픔으로 몸이 한껏 달아올랐기 때문이다.

경제적 지원자였던 그가 더 이상 자신의 역할을 해내지 못하자 그는 가족들에게 그저 짐이 될 뿐이었다. 아버지와 어머니는 다시 직장에 다니게 되었고, 나이 어린 누이동생은 점원으로 일하며 근근이 생활을 이어 나간다. 그런 가족들의 모습을 지켜보며 그레고르는 마음이 아팠고, 그들과 소통하기 위해 거실로 나오려고 시도한다. 하지만 부모님은 그에게 혐오감을 느끼며 그가 나오지 못하게 위협한다. 누이동생만이 그의 방을 청소해 주고 음식을 가져다주며 다정하게 대해 주었을 뿐이었다. 하지만 시간이 흐르자 그녀 역시 점점 지쳐 갔고, 그의 방을 찾는 횟수도 차츰 줄어든다.

그러던 어느 날, 거실 밖으로 나온 그레고르를 보고 놀란 아버지는 사과를 던지며 그를 위협한다. 사과 중 하나가 그레고르의 등에 꽂히고, 누이동생이 실수로 흘린 독한 약품이 그의 몸에 떨어져 심한 부상을 입게 된다. 치료도 받지 못한 그는 하루하루 고통 속에서 살아간다.

집안 살림이 점점 기울자, 가족들은 집에 하숙을 치며 세를 받기로 결심한다. 하지만 그레고르를 발견한 하숙인들은 공포를 느낀다. 그들은 이런 집에서 더 이상 살 수 없다며 하숙비도 지불하지 않고 집을 나가 버린다. 그레고르에게 유일하게 다정했던 누이동생도 더 이상 이런 식으로 살 수 없다며 이제는 그레고르가 사라져 버렸으면 좋겠다고 생각한다.

"이제 더는 이렇게 살 수 없어요. 두 분은 깨닫지 못하고 계실지 모르지만 저는 잘 알아요. 저는 이제 이 괴물을 오빠라고 부르고 싶지 않네요. 그러니까 제가 말씀드리고자 하는 것은, 우리가 저것에서 벗어날 계획을 세워야 한다는 거예요. 우리는 저걸 먹여 살리면서 참고 견뎌 냈고, 인간으로서 할 수 있는 만큼은 다했잖아요. 우리를 비난할 사람은 아무도 없어요."

"그래, 네 말이 다 옳다."

아버지는 혼잣말처럼 중얼거렸다. 아직 완전히 숨이 가라앉지 않은 어머니는 넋이 나간 듯한 시선으로, 숨이 가빠 오는지 입에 손을 대고 기침했다.

'자, 이제 어떻게 할 것인가?'

그레고르는 스스로에게 물으면서, 어둠 속에서 주위를 둘러보았다. 그는 자신이 더는 움직일 수 없게 되었음을 알았다. (…) 등에 박힌 썩은 사과며, 부드러운 먼지에 뒤덮인 그 주위의 염증도 이미 잘 느껴지지 않았다. 그는 애정과 연민을 갖고 가족들을 돌이켜 생각해 보았다. 자신이 사라져야 한다는 생각은 누이동생보다 오히려 자기 자신이 더욱더 절실하게 여길 일이었다.

그레고르 또한 자신이 이 집에서 사라지는 것만이 가족들에게 해 줄 수 있는 유일한 일이라고 생각한다. 그는 가족들과 함께했던 지난날들을 추억하며 숨을 거둔다. 그레고르가 죽자 가족들은 잃었던 생기를 되찾고 이제 자신들의 앞날이 그렇게 암담하지만은 않을 거라 생각하며 희망을 품게 된다.

하루아침에 끔찍한 벌레로 변했던 그레고르는 자신에 대한 걱정보다는 가족들을 먼저 생각하며 더 이상 그들에게 도움이 될 수 없는 자신을 책망한다. 그는 끊임없이 가족들과 소통하기 위해 시도하지만, 그들은 그에게 혐오감을 느끼며 위해를 가하고 방에서 나오지 못하게 할 뿐이었다. 그레고르는 가족들에게 더 이상 경제적 지원을 해 줄 수 없다는 죄책감과 가족의 구성원으로 살아갈 수 없다는 소외감을 느끼며, 더불어 상처로 곪아 가는 몸을 끌어안고 고통 속에서 외롭게 죽어 간다. 가족들은 그레고르가 죽자 삶에 대한 희망을 품게 되었으며 전적으로 그레고르에게 의지했던 과거와는 달리 능동적이고 주체적인 삶을 살아가기 시작한다.

이 작품에는 경제적 · 물질적 지원자로만 여겨졌던 가장(家長)의 무게와 비애, 소외감이 잘 드러나 있다. 경제적 지원자로서의 기능을 상실한 그레고르는 이제 가족들에게 불필요한 존재가 되어 버린 것이다. 현대 사회에서 진정한 가족의 의미에 대해 다시 한번 생각해 보게 만드는 작품이다.

(2)「옷」

소설이라기보다는 산문시라고 봐도 무방할 정도로 극히 짧은 분량의 단편「옷」은 겉으로 보기에는 깨끗하고 아름답지만 오래 유지될 수 없는, 매일 똑같은 차림의 개성 없는 사람들을 빗댄 작품이라고 볼 수 있다.

나는 한 소녀를 본다. 소녀는 정말 아름답고 매혹적인 근육을 가졌고, 작은 복사뼈와 팽팽한 피부와 가늘고 풍성한 머릿결을 지니고 있다. 그런데 매일 가장무도회 복장을 입고 나타나서, 늘 똑같은 얼굴을 똑같은 손바닥에 대고 거울에 비추고 있다.

소녀는 너무도 아름답지만 가장무도회 복장 같은 '옷' 때문에 그 아름다움이 가려진다. 카프카는 이 작품을 통해 획일적으로 변해 가는 사회에 비판적인 시선을 던지며 자신이 지닌 본연의 가치와 아름다움을 살리지 못하는 현대인들에 대한 안타까움을 드러내고 있다.

(3)「원형 극장의 관람석에서」

폐결핵을 앓고 있는 연약한 여자 곡마사가 원형 극장에서 흔들리는 말을 타며 위태롭게 공연을 한다. 하지만 냉혹한 서커스 단장은 아픈 그녀를 배려하기는커녕 오히려 채찍을 휘두르며 그녀를 조련하고, 그녀는 기계적으로 반응하며 관객의 박수갈채에 의미 없는 키스를 보낸다. 관객들은 아슬아슬하고 위태로운 그녀의 모습을 지켜보다가 마침내 그녀가 실수 없이 서커스를 끝내자 자신도 모르게 눈물을 흘린다.

만일 이런 공연이 오케스트라와 환풍기의 소음과 뒤섞여, 잦아들다가 새롭게 솟구쳐 오르는 기계적인 박수갈채에 이끌려 끊임없이 되풀이되는 암울한 미래와 연결된다면 어쩌하겠는가. 그렇다면 아마 원형 극장 관람석에 앉아 있던 젊은 관객이 온갖 등급의 좌석을 지나는 긴 계단 아래로 서둘러 달려 내려와, 공연장 안으로 뛰어들며 외쳤을 것이다. 그만 멈춰! 늘 구색 맞추기에 급급한 오케스트라의 팡파르에 섞여서 말이다.

결국 그녀를 떨고 있는 말 위에 들어 올린 다음, 양 뺨에 입을 맞춘다. 사실, 그는 관객의 호응이 너무 약하다고 생각한다. 한편 그녀는 그에게 기대어 발끝으로 아스라이 서고, 휘날리는 먼지 속에서 두 팔을 넓게 벌린 채 머리를 뒤로 젖힌 뒤, 그녀의 성공을 서커스단과 함께 나누고자 한다.

그렇기 때문에 원형 극장의 관중은 얼굴을 난간에 기댄 채, 아득한 꿈에 잠긴다. 드디어 관중은 마지막 행진 때 자신도 모르는 사이에 까닭 모를 눈물을 흘리고 마는 것이다.

카프카는 병을 앓는 여인에게도 가차 없이 몰인정한 모습을 보이는 서커스 단장을 통해 현대 사회에서 점점 상실되고 있는 인간의 존엄성에 의문을 제기하고 있다. 관객들은 위태로운 그녀의 모습에 잠시 연민을 느끼기도 하지만, 그들은 수동적이고 방관적인 태도를 보이는 관객일 뿐이었다.

그럼에도 카프카는, 모든 공연을 성공적으로 끝마친 그녀의 모습을 보며 까닭 모를 눈물을 흘리는 관객의 모습을 통해 한 줄기 빛을 보여 준다. 점점 각박해지고 메말라가는 시대 속에 아직은 남아 있는 인간에 대한 연민과 사랑이라는 희망의 빛을 말이다.

(4) 「오래된 기록」

그 누구도 노마드족과는 말을 섞을 수가 없다. 그들은 우리 언어를 알아듣고 말하지 못한 데다가 자신들만의 고유의 언어도 갖고 있지 않다. 그들은 갈까마귀 소리로 의사소통을 할 따름이다. (…) 그들은 자주 인상을 구기고 있다. 또 눈 흰자를 보이면서 입에 거품을 물곤 한다. (…) 게다가 그들은 자신들이 필요로 하는 것을 바로 가져간다. 그들을 폭력적으로 규정할 수 없는 까닭은 그들이 자신들이 가지고자 하는 것을 취하기 전에 사람들이 슬며시 옆으로 물러서면서 그들에게 자신이 가진 모든 것을 넘겨주기 때문이다.

이 작품은 한 구두장이가 남긴 기록이다. 어느 날, 노마드족이 나라를 침범해 사람들에게 위해를 가하고 약탈을 일삼는 비극적인 사건이 벌어진다. 그들은 언어가 없기에 소통할 수 없는, 험악한 인상을 지닌 야만인들이다. 사람들은 그들의 힘에 굴복하며 그들이 위협하기 전에 알아서 자신이 가진 모든 것을 갖다 바친다.

바로 그 순간, 나는 궁전 창문에서 밖을 내다보는 황제를 보았다. 그는 이런 복잡한 거리로 나오지 않고, 늘 안전한 정원 안에서만 지냈다. 하지만 그는 창가에 서서 그의 성 앞에서 벌어지는 일들을 유심히 바라보고 있는 것 같았다. (…) 그들은 무책임하게 수공업자들과 상인들에게 조국의 생사를 맡겨 놓은 것이다.

황제는 조국의 안위를 위협하는 노마드족을 몰아 낼 생각은커녕 자신의 성안에서 굳게 문을 걸어 잠그고 호시탐탐 상황을 엿보기만 한다. 카프카는 이 작품을 통해 백성을 저버리고 자신의 안위만을 생각하는 비열하고 무능력한 군주를 비판하고 있다. 동시에 거대한 폭력성 앞에 무기력하게 굴복할 수밖에 없는 약자들에 대한 연민을 드러내고 있다.

3) 고뇌하고 방황하는 주변인
– 「갑작스러운 산책」, 「학술원에의 보고」

(1) 「갑작스러운 산책」

가족과 짧은 인사를 마친 뒤, 집 문을 빠르게 닫다가 큰 소리가 났다. 조금 불만이 생기리라 여겨질 때, 골목길에 서 있는데 예상치도 못했던 자유로움을 온몸으로 느끼며 특별한 움직임이 저절로 나올 때, (…) 그다음, 오늘 저녁만큼은 내 가족으로부터 멀어지는 반면, 스스로 매우 확고한 결심을 하고, 검은 실루엣의 형상을 하며, 자신의 진정한 모습을 위해 분연히 일어섰다.

이 늦은 저녁 시간에 한 친구를 찾아가 잘 지내고 있는지를 살필 때, 모든 것은 조금 더 강해진다.

가족들이 모두 모인 저녁 시간, 여느 때처럼 평범한 일상이 이어지고 있는 날 문득 까닭모를 불쾌함이 느껴져 밖으로 나가고 싶다는 생각이 든 나는 집 밖으로 나오자 알 수 없는 자유로움을 느낀다. 가정이라는 안락한 울타리에서 벗어나 혼자 긴 골목길을 걸을 때야 비로소 나 자신이 선명하게 보이기 시작하며 문득 친구의 안부가 궁금해진다.

카프카는 이 작품을 통해 현실에 안주하지 않고 안온한 일상에서 벗어나 내가 누구인지 스스로에게 질문을 던질 때 비로소 자유로워질 수 있으며 진정한 자아를 찾을 수 있다고 말한다. 그러면서도 주변 사람들을 외면하지 않고 그들의 안부를 궁금해하는 따뜻한 마음을 지닐 때 비로소 우리는 강해질 수 있다고 말한다. 하지만 이 모든 일은 저녁 시간에 잠시 산책을 나왔을 때에만 가능한 것일 뿐, 결국 가족이라는 존재는 우리가 완전히 벗어날 수 없는 울타리인 것이다.

(2) 「학술원에의 보고」

이 작품의 주인공인 원숭이 피터는 수많은 시행착오를 통해 거의 완벽하게 인간의 모습을 흉내 낼 수 있게 되었으며 유럽인의 평균 교양에 이를 정도로 진화했다. 피터는 자신이 어떻게 원숭이의 본성에서 벗어나 인간으로 진화할 수 있었는지에 관해 학술원에 보고한다.

5년 전, 아프리카 황금 해안에 살고 있었던 피터는 수렵꾼에게 포획되어 하겐벡 회사의 선박에 갇히게 된다. 늘 자유롭게만 살았던 피터는 난생 처음으로 출구가 없는 상황에 직면하게 된다.

예전에는 제게 출구가 아주 많았었는데, 우리에 갇힌 뒤에는 단 하나의 출구도 없었습니다. 저는 그냥 들러붙어 버린 것입니다. 설령 사람들이 저를 못 박아 놓았다고 해도 자유롭게 움직일 수 있는 가능성이 더 줄어들지는 않았을 것입니다. 왜 그럴까? 아아, 발가락 사이를 피가 나도록 긁어 보아도 그 이유를 알 수 없었습니다. 등으로 쇠창살을 밀어서 몸을 두 쪽으로 쪼개 놓을 때까지도 그 이유를 알 수 없었습니다. 저는 출구가 없었고, 출구를 만들어야 했습니다. 출구 없이는 살 수가 없었기 때문이지요.

제가 '출구'라는 개념을 어떻게 쓰고 있는지, 여러분이 정확히 이해하지 못할까 봐 걱정됩니다. 저는 가장 일상적이고 확실한 의미로 '출구'라는 개념을 사용하고 있습니다. 그냥 일반적으로 '자유'라고 말하지는 않는 겁니다. 제가 쓰고 있는 '출구'라는 개념은 사방을 향해서 열려 있는 저 위대한 감정인 자유와는 분명히 구별됩니다. 저는 원숭이였을 적에는 자유를 알고 있었고, 자유를 동경하는 사람들과도 사귀었습니다. 하지만 솔직히 고백하자면, 저는 그때나 지금이나 자유를 원하지 않습니다. 말이 나왔으니 말인데, 사람들은 자유라는 말에 너무나 자주 스스로를 기만합니다. 왜냐하면 자유는 가장 숭고한 감정 중 하나이기 때문이지요. 자유로운 것처럼 속이는 현혹도 가장 숭고한 현혹 가운데 하나입니다.

피터는 출구와 자유는 다르다고 말한다. 출구는 생존과 직결된 것이었기 때문이다. 피터는 출구를 찾기 위해 인간의 행동을 모방하기 시작한다. 사람들처럼 침을 뱉고 독주를 마시기도 하며 담배를 피우기도 한다. 이러한 피터의 모습은 점점 사람들의 흥미를 끌게 된다. 그는 원숭이의 본성에서 차츰 벗어나 인간화되어 가고 있었던 것이다. 하지만 피터는 온전한 원숭이도, 인간도 아닌 그 어느 쪽에도 소속될 수 없는 주변인으로서 머물 뿐이었다.

되풀이해 말씀드리지만, 저는 인간을 흉내 내는 일에 특별한 매력을 느끼지는 못했습니다. 다만, 출구를 찾기 위해 그들의 흉내를 냈을 뿐이지요. 그 이외에 다른 이유는 없습니다. (…) 제가 함부르크에서 첫 조련사에게 넘겨졌을 때, 두 갈림길이 제 앞에 놓여 있다는 사실을 알 수 있었습니다. '동물원이냐, 아니면 쇼 무대냐!' 저는 절대 망설이지 않았습니다. '쇼 무대에 나가기 위해 온 정성을 다해 노력하자. 그것이 바로 나에 게 주어진 출구다. 동물원은 새로운 형태의 우리일 뿐이다. 우 리 속으로 들어가면 그걸로 나는 끝장이다.'

지금 제가 걸어온 길과 제가 추구했던 목표를 돌이켜 보면 후회할 것도, 그렇다고 특히 만족스러울 것도 없습니다. (…) 밤늦게 파티나 학술회의, 기분 좋은 모임을 마치고 집으로 돌 아오면 반쯤 훈련이 끝난 작은 침팬지 암컷이 저를 맞힙니 다. 그러면 저는 그녀 곁에서 원숭이의 행복을 마음껏 즐깁니 다. 하지만 낮 동안은 그녀가 보고 싶지 않습니다. 왜냐하면 그 녀의 눈빛에서는 혼란에 빠진 동물의 광기가 보이기 때문입 니다. 그것은 오직 저만이 알아볼 수 있습니다. 그런데 저는 그 것을 참고 견딜 수가 없습니다.

아무튼, 전체적으로 보면 저는 이루고자 하는 목표를 달성 했습니다.

함부르크의 조련사에게 넘겨진 피터는 동물원과 버라이 어티 쇼 무대 중 하나를 택해야 하는 갈림길에 선다. 이제는 원숭이보다 인간에 더 가까워진 그는 출구 없는 감옥과 다름 없는 동물원 대신 쇼 무대를 선택한다.

완벽한 원숭이도 인간도 될 수 없었지만, 피터는 지금껏 자신의 노력이 결코 헛되지는 않았다고 말한다. 특별히 만족스럽지도 않지만 후회되지도 않는다며 인간화된 원숭이인 현재 자신의 모습을 담담하게 받아들인다. 어쨌든 그는 살기 위한 출구를 찾았고 목표를 이루었기 때문이다. 그는 자신이 걸어온 길에 대해 사람들의 평가를 원하지 않았다. 그는 단지 학술원에 보고를 드리는 것뿐이라며 연설을 마친다.

원숭이 피터는 완전한 원숭이도, 인간도 아닌 모습으로 살아가야 했지만 자신이 처한 현실을 인정하며 큰 욕심을 부리지 않았다. 그는 주어진 여건 속에서 거대한 자유가 아닌 생존을 위한 출구를 찾기 위해 능동적으로 자신의 삶을 살아갔다. 원숭이 피터는 불안한 주변인으로서 살아야 했으나 좌절하지 않고, 투병 중에도 창작의 끈을 놓지 않으며 주체적인 삶을 살았던 카프카 자신의 모습이기도 하다.

3. 마치며

앞서 언급했듯이 카프카는 독일계 유대인으로서 완전한 독일인도, 유대인도 아닌 주변인으로서 살아갔다. 독선적인 아버지와의 불화, 아버지의 일을 돕느라 늘 바빴던 어머니, 동생들의 잇단 죽음이 불러온 비극으로 그는 불우한 유년 시절을 보내야만 했다. 이렇듯 불행한 경험에서 형성된 그의 자의식은 그가 글을 쓸 수 있는 동력으로 승화된다. 카프카의 작품들은 주로 현대 사회에 존재하는 인간의 소외와 불안, 허무 의식을 다루고 있다. 현실과 환상의 세계를 넘나들며 은유와 상징으로 점철된 그의 작품들은 결코 쉽게 읽히지 않는다. 이러한 이유로 그의 작품은 출간 당시 대중의 외면을 받기도 했지만, 카프카만의 독창성과 난해함은 오늘날 매혹적으로 다가와 독자들로 하여금 그의 작품에 끊임없이 도전하게 만드는 욕구를 불러일으킨다.

우화적이면서 때로는 환상적이기도 한 그의 작품은 한낱 몽상의 나열이 아니다. 언뜻 보기에는 현실에서 벗어난 듯 보이지만 결코 현실에서 눈을 떼지 않는 카프카의 시선은 문학이 가야 할 곳이 어디인가를 분명히 제시해 주고 있다.

단숨에 읽힐 듯한 짤막한 분량의 작품도 결코 쉽게 읽히지 않는, 그가 펼쳐 놓은 기묘하고도 매혹적인 세계를 만나기 위해서 독자들은 수많은 질문과 마주해야 할 것이다. 또한 작품 곳곳에 숨겨 놓은 그의 메시지를 찾아내는 것도 새로운 즐거움이 될 것이다.

어쩌면 카프카의 작품에는 우리의 갈증을 조금이나마 해소해 줄 해답에 가까운 해석만이 존재할 뿐, 정답이 없는지도 모른다. 이 책과 더불어 카프카의 세계를 만나게 될 독자들은 또 어떤 해답을 찾게 될지 문득 궁금해진다.

작가 연보

1883년 체코 프라하에서 유대인 출신 아버지 헤르만과 어머니 율리의 장남으로 태어남. 나중에 엘리, 발리, 오틀라 등 세 명의 여동생이 태어남.

1889~1893년 독일계 유대인 초등학교에 다님. 가정 교사로부터 프랑스어를 배움.

1893~1901년 독일계 왕립 인문 고등학교에 다님. 괴테, 스피노자, 니체 등에 빠짐. 아버지의 사업이 번창함.

1901~1906년 프라하 카를 대학에 입학해 법학을 전공함. 그후, 프라하의 형사 법원과 민사 법원에서 사법 연수생으로 활동함.

1905년 「어떤 싸움의 수기」를 집필함.

1906년 「시골의 결혼 준비」를 집필함. 주크만텔의 루드비히

박사 요양소에서 최초로 한 여인을 만남. 그녀가 유부녀였다는 사실 이외에는 알려진 것이 없음.

1908년 〈휘페리온〉 지에 여덟 편의 소품을 발표함. 7월에는 보헤미아 왕국 노동자 상해보험회사에 입사함.

1910년 일기를 쓰기 시작함.

1912년 「판결」, 「실종자」, 「변신」 등을 완성함. 8월에는 첫 번째 연인인 펠리체 바우어를 만남.

1914년 「유형지에서」를 완성함. 5월에 펠리체 바우어와 약혼하지만 2개월 만에 파혼.

1915년 「변신」을 출간함. 「화부」로 폰타네 상 수상.

1916년 단편집 『시골 의사』를 완성함.

1917년 「사이렌의 침묵」, 「프로메테우스」 등을 집필함. 7월에 펠리체 바우어와 두 번째 약혼을 하지만, 12월에 두 번째 파혼을 함. 9월에 폐결핵 진단을 받음.

1919년 단편집 『시골 의사』와 단편 소설 「유형지에서」 출간. 「아버지에게 드리는 편지」를 집필함. 1919년 초, 율리에 보리 체크를 만남. 5월에 그녀와 약혼.

1920년 율리에 보리체크와 파혼. 「밀레나에게 부치는 편지」를 집필하기 시작함. 4월, 밀레나와의 편지 왕래를 시작하고 사랑으로 발전함. 이 만남은 1923년까지 계속됨.

1922년 「성」을 집필하기 시작함.

1923년 「단식광대」, 「성」을 출간함. 7월부터 도라 디아만트와 사귀기 시작함. 9월, 그녀와 베를린에서 동거를 시작함.

1924년 4월, 결핵이 악화되어 빈 근교의 키를링 요양소에 입원. 6월 3일, 그곳에서 사망함. 도라 디아만트와 클로프슈토크가 임종을 지킴. 6월 11일, 프라하에 묻힘.

1927년 「아메리카」를 출간함.

1931년 「중국의 만리장성」을 출간함.

생각뿔 | 세계문학 미니북 클라우드 라이브러리

거장의 숨소리를 만나는 특별한 여행

생각뿔 세계문학 미니북 클라우드 라이브러리는 계속 출간됩니다.
*** 근간 목록은 발간 순에 따라 변경될 수 있습니다.

옮긴이 | 안영준

고려대학교를 졸업했다. '언어적 감각'이 뛰어난 IQ 158 멘사 회원이다. 공립 중등국어교사로 8년 동안 근무했으며 대치동에서 논술 전임강사로 활동하기도 했다. 현재는 1인 지식 창업 및 책 쓰기 코칭을 하며 영한 번역을 하고 있다. 옮긴 책으로는 『1984』, 『데미안』, 『위대한 개츠비』, 『노인과 바다』, 『동물농장』, 『오만과 편견』, 『이방인』 등이 있다.

해설 | 엄인정

국민대학교 국어국문학과를 졸업하고 동 대학원에서 국어교육학을 전공했다. 현재 단행본 편집과 영한 번역 업무를 병행하며 프리랜서로 활동 중이다. 옮긴 책으로는 『데미안』, 『톨스토이 단편선』, 『오만과 편견』, 『카프카 단편선』, 『그리스인 조르바』 등이 있다.

변신

1판 1쇄 발행 2018년 10월 10일

지은이 프란츠 카프카
옮긴이 안영준
해설 엄인정
펴낸이 생각투성이
편집 김영하, 안주영
디자인 생각을 머금은 유니콘
마케팅 김사랑

발행처 생각뿔
주소 서울시 서초구 반포동 66-1 코렐빌딩 102호
등록번호 제233-94-00104호
전화 02-536-3295
팩스 02-536-3296
커뮤니티 www.facebook.com/tubook2018(페이스북)
e-mail tubook@naver.com
ISBN 979-11-89503-09-3(04850)
 979-11-964400-8-4(세트)

생각뿔은 '생각(Thinking)'과 '뿔(Unicorn)'의 합성어입니다.
신화 속 유니콘의 신성함과 메마르지 않는 창의성을 추구합니다.